将軍側目付 暴れ隼人

相模の兇賊

吉田雄亮

コスミック・時代文庫

この作品はコスミック文庫のために書下ろされました。

目次

第一章　煙焔《えんえん》の背景

一

あたりは漆黒《しっこく》の闇に包まれている。

物音ひとつしない、寝静まった深更《しんこう》の駿河町《するがちょう》の通りを、歩いて行くひとりの男がいた。

小袖《こそで》を着流し、腰に大小二本の刀を帯びている。姿形《すがたかたち》からみて、浪人と思われた。

駿河町は道の両側に大店《おおだな》の建ちならぶ、商いの町である。真夜中に浪人者が歩き回るのにふさわしい場所とは、とても思えなかった。

突然、ごおっ、と風が鳴った。

浪人が足を止め、耳をすます。

雲間からのぞいた月輪《げつりん》の淡い光が、浪人の顔を浮かび上がらせた。

浪人は、仙石隼人《せんごくはやと》であった。

江戸では、この一月《ひとつき》の間に五軒の大店が盗《ぬす》っ人《と》一味に襲われていた。押し込まれた大店は、家人、奉公人が皆殺しにされた上、火を放たれ、建屋《たてや》は跡形もなく焼け落ちていた。跋扈《ばっこ》する凶悪無残な一味に、町々は恐怖におののいていた。

隼人は盗っ人一味と遭遇する機会を求めて、連夜、夜廻《よまわ》りをつづけているのだった。

さらに大きく、風の鳴る音が響いた。

音のした斜め前方を見やった隼人の目に、赤黒く染まった空が飛び込んできた。

風が吹いたのか、染まった空がまだらに揺れる。

次の瞬間、炎が立ち上った。

「火事！」

思わず声を上げた隼人は、炎に向かって走り出した。

駆けつけたときは、すでに手遅れだった。

炎が大店の建屋を包み込み、空へ向かって高々と火柱を吹き上げていた。

幸いにも風は弱かった。

が、その割に火の回りは早い。

(油をまいて、火を放ったか。火勢からみて、数軒先まで燃え落ちるかもしれない)

胸中で呻《うめ》いて、隼人は燃えさかる大店を凝然《ぎょうぜん》と見上げた。

翌日、燃え落ちた大店の前には、大勢の野次馬《やじうま》たちが群がっていた。なかに隼人の姿もある。

昨夜隼人は、駆けつける火消したちの足音を聞いて、大店の前から速《すみ》やかに立ち去ったのだった。深更に歩き回っていることを咎《とが》められ、詰問されるなど面倒なことになりかねない、と判じた上での動きであった。

隼人が予測したとおり、大店の左右二軒先まで、ほぼ焼け落ちていた。

大店の焼け跡のなかに入り、町奉行所の同心や手先たちが検分をしている。

手先たちの手で、焼け崩れた柱が取り除かれた。

野次馬たちの間から、どよめきが上がる。隼人も眉をひそめた。

隼人の視線は、柱の下敷きになっていた黒焦《こ》げになった骸《むくろ》に注《そそ》がれている。骸には、両手両足がなかった。その形から、両手、両足を斬り落とされ、なぶり殺しにあったことが推測された。

あまりの無残さに、野次馬たちのなかには、見ていられないのか、顔を背《そむ》ける者もいた。

焼け跡を調べている手先のひとりが声を上げた。

「こっちにも、骸が四体、埋もれているぞ。両手、両足がない」

声のしたほうを隼人が見据《す》えた。眼光が鋭い。

二

数日後、隼人は、上野寛永寺《うえのかんえいじ》の庫裡《くり》の一間で、上座にある八代将軍、徳川吉宗《とくがわよしむね》と向かい合っていた。吉宗の斜め脇に、江戸南町奉行大岡越前守《おおおかえちぜんのかみ》忠相《ただすけ》が控えている。

吉宗は、隼人と面談するために、御神君《ごしんくん》徳川家康公の霊廟《れいびょう》詣《もうで》を装って、寛永寺にやってきたのだった。

濃い眉、奥二重《ぶたえ》の涼しげな目、鼻筋の通った彫《ほ》りの深い顔立ちの隼人は、三百石の家禄《かろく》を拝領する、小普請《こぶしん》組の直参《じきさん》旗本であった。小普請組は、無役《むやく》の旗本が配属される組織である。仙石家は、一度も御番《ごばん》入りしたことがなかった。

［死をもって君に忠を尽くす］

を範《はん》とし、滅私《めっし》奉公《ほうこう》を持って是《ぜ》とするのが、武士道である。

小普請組に配属されたまま、禄を食《は》みつづけてきた仙石家は、武士道を貫く武士たちからみれば、役立たずの、きわめて恥ずべき家系の者どもといえた。

が、なぜか仙石家は、代々小普請組配下の旗本であるにもかかわらず、当主が望んだときには、直《ただ》ちに時の将軍に、御目見《おめみえ》得することが許されていた。

さらに年に数度、千代田《ちよだ》城内にある将軍家の茶室に招かれて、将軍とふたりだけで数刻を過ごすことが定められていた。

これらの仕来《しきた》り事は、二代将軍秀忠《ひでただ》の代に決められた。

東照大権現《とうしょうだいごんげん》・御神君徳川家康は、二代目将軍職を継《つ》いだ秀忠に命じ、仙石家を永代側目付《えいたいそばめつけ》に任じた。

側目付とは、将軍の耳目《じもく》となって大名・旗本を監察し、疑惑のことがあれば、将軍家の代人《だいにん》として、おのれの判断で、その処理にあたる権限が認許されている役職であった。

側目付は、あくまでも将軍家直属の者であり、その存在は、幕府の要人たちのなかでも、わずかの者しか知らない、重要機密であった。

仙石家には、秀忠より下賜《かし》された［側目付落款《らっかん》］と呼ばれる、側目付の身分を示す、証《あかし》の品が伝えられていた。

側目付落款は、表面は一枚としか見えない二重づくりの鍔《つば》に、隠し彫《ぼ》りされている。

［此者《このもの》、将軍家代理之側目付也　秀忠］

との文字と秀忠の落款が、鍔の内部に刻まれており、鍔の一部を横滑りさせることで文字と落款が現れる、という仕掛けが施されていた。

身分を示す側目付落款を秘めた鍔は、仙石家代々の当主が腰に帯びる大刀につけるように定められている。

隼人の脇に置かれた大刀につけられた鍔こそ、側目付落款が隠し彫りされたものであった。

隼人の母は数年前に病没し、父・仙石武兵衛《ぶへえ》もまた、任務の途上殺されていた。天涯孤独の身である隼人は、対座する吉宗と斜め脇に座する大岡に視線を流した。

側目付・仙石隼人に、新たな任務が命じられるときの、いつもどおりの光景が、そこにあった。

大岡が口を開いた。

「大店に押し込み、家人、奉公人を皆殺しにして、建屋を全焼させる極悪非道の盗賊が、江戸に出没して一月、すでに六軒の大店が襲われた」

隼人が応じた。

「盗賊一味のこと、気になったので、半月前から密《ひそ》かに夜廻りをつづけておりました。先日、駿河町で六軒めの大店が押し込まれたとき、近くを見廻っていました。火の手が上がったのに気づき、急いで駆けつけましたが、すでに手遅れ、大店は炎に包まれておりました」

わきから吉宗が声を上げた。

「すでに動いてくれていたのか。何か手がかりはみつかったか」

「残念ながら、何一つ」

こたえた隼人を見やって、大岡が告げた。

「盗賊一味が荒らしていたのは、はたして江戸だけなのか。気になったので、道中奉行の手の者に調べてもらった。その結果、同じ手口の盗賊が東海道の国府津《こうづ》・二宮《にのみや》、大磯《おおいそ》、平塚《ひらつか》、藤沢《ふじさわ》、戸塚《とつか》、川崎《かわさき》、品川宿《しながわしゅく》の近辺の豪農や分限者《ぶげんしゃ》の屋敷に押し込みながら、江戸へ下ってきたこと、最初の押し込みは三ヶ月前、小田原《おだわら》の網《あみ》元《もと》の屋敷だということがわかった」

「盗賊一味は、なにゆえ江戸へ下ってきたのか。それなりの理由があるような気がしますが」

隼人の問いかけに、大岡が応じた。

「そのあたりのことは、まだわからぬ。ただ、不思議なことは」

「不思議なこととは」

鸚鵡《おうむ》返しをした隼人に、口をはさんで吉宗がこたえた。

「盗賊一味は小田原より西には出没していないのだ。余は、その動きの意味するところを知りたい。盗賊たちにとって、盗みは、何か大きな目的を果たすための手立てのひとつにすぎないのではないか。そんな気がしているのだ」

「大きな目的とは、どんなことでございますか」

隼人の問いかけに、吉宗に代わって、大岡が告げた。

「上様は、盗賊たちの背後に、西国筋《さいごく》の大名たちが控えているのではないか、と案じておられるのだ」

吉宗が引き継いだ。

「御神君は、将軍家に跡継ぎがいないときは御三家より次代の将軍を迎える。継承順位の一は尾張《おわり》藩、二は紀州《きしゅう》藩、三は水戸《みと》藩と定められた。すべては、その定めに背いて、八代将軍の座についたことに起因しているのだ。尾張と紀州の間で、八代将軍の座を争って暗闘が繰り広げられたに違いない。このことは徳川家に亀裂が生じている証。そう見立てている外様《とざま》諸藩の大名たちもいるはずだ。なかには、徳川幕府を打ち倒す好機到来、と密かに牙を研《と》いでいる大名もいるに違いない。そんな輩《やから》を見逃したら、再び戦乱の世になる。反逆の種は、早いうちに刈り取らねばならぬ」

「此度《こたび》の任務は、盗賊一味を処断し、背後に潜《ひそ》む者の動きを封じる。その二点でございますね」

念を押した隼人に、吉宗が応じた。

「そうじゃ。いつものように内々で落着してくれ」

「委細承知 仕《つかまつ》りました。直ちに探索に仕掛かります」

隼人が深々と頭を下げた。

三

引き揚げていく吉宗の行列を、庫裡の側《そば》に立つ大木の後ろに身を置いた、隼人と大岡が見送っている。

「それなりの理由をつけねば、上様は外に出られぬ。時によっては羽織をはおらぬ小袖の着流した忍びの姿で、思いついたときに外へ出られるわしのほうが、気楽に生きているのかもしれぬな」

「たしかに。が」

行列に目を据えたまま、隼人が片頬に笑《え》みを浮かべた。

「が、とは何だ」

顔を向けることなく、大岡が訊《き》いた。

「見張られております」

「見張られていると」

顔を向けようとした大岡を、隼人が制した。

「動かないでください。気づかれます」

「気配は、感じぬが」

大岡が顔をしかめた。

さりげなく隼人が鞘《さや》から小柄《こづか》を抜き取る。

振り向きざま、隼人が小柄を投じた。

斜め後ろに立つ大木の幹に、小柄が突き刺さる。

小柄を追って、隼人が駆け出した。

幹の後ろから、尻端折《しりばしょ》りした町人風の男が、背中を向けて走り去っていく。

みるみるうちに遠ざかった。

追いつけない、と判じたか、足を止めた隼人に大岡が歩み寄る。

「素早い奴。まるで忍びのような」

「大岡様が、南町奉行所を出られたときから、つけていたのでしょう。南町奉行所を張り込んでいた。そう判じます」

「与力《よりき》、同心《どうしん》に、その手先と、捕物《とりもの》に慣れた者たちが出入りしているところ。報告がないということは、張り込まれていることに気づいた者が、ひとりもいないということになる。実に面妖《めんよう》な。何者が、張り込んでいるのであろうか」

「わかりませぬ。逃げ去った者の動きに隙《すき》がありませんでした。追跡しても無駄。とても捕らえることはできぬ、と即座に諦めさせるほどの動き。厳しい修行を積んだ者に違いありませぬ。戦国の頃の忍びが蘇《よみがえ》ったとしかおもえませぬ」

「戦乱の世が終わって、すでに百数十年。戦国時代と同様の厳しい修行を積んでいる忍びが、この平穏な世に存在しているとは、そのようなこと、あるはずがない」

大岡が首を傾《かし》げた。

「何者が張り込んでいるか、たしかめてみましょう。明日から、私は盗賊に押し込まれた大店の探索を始めます。それもあからさまに、できるだけ目立つように動きます。私をつけまわし、見張りつづけるような者が現れ、そ奴が、さきほど逃げ去った者と同様に、忍びさながらの動きをするようだったら、盗賊一味が張り込んでいる相手、と見立ててもいいのではないかと」

うむ、とうなずいて、大岡が応じた。

「町奉行所の動きを察知しながら、盗みをつづける。張り込んでいるのが盗賊一味の者だとしたら、万全の策をとる、尻尾をつかみにくい相手ということになる。仙石の話に乗った。明日から探索にかかってくれ」

「そうします。此度は調べる相手が多い。端《はな》から与八《よはち》とお藤《ふじ》に探索を手伝ってもらいます。明日夕七つに南町奉行所に、ふたりを呼んでおいてください。それと、探索に必要な掛かりも三百両ほど、用意しておいてください」

「わかった。手配しておく。わしも千代田城よりもどり、南町奉行所にいるようにする。わしの用部屋に顔を出してくれ」

「承知しました。投じた小柄を抜き取った後、大岡様を奉行所まで送り届けましょう。つけまわしていた者は、逃げたとみせかけて、どこぞに身を潜めているはず。何が起こるかわかりませぬ」

「頼む。小野《おの》派一刀流皆伝《かいでん》の仙石が用心棒になってくれる。心強いこと、この上ない」

「上様の行列も見えなくなりました。引き揚げますか」

「そうだな」

周りに視線を走らせて、大岡が応じた。

四

翌日、隼人は南町奉行所の御用部屋で、大岡と向かい合って座っていた。隼人の斜め後ろ、左右にお藤と与八が控えている。

与八は、以前両国《りょうごく》の軽業《かるわざ》小屋で、曲乗りと礫《つぶて》打ちを得意とする軽業芸人だった。地回りのやくざと、矢場《やば》の女を取り合って喧嘩《けんか》になり、相手を半殺しにし、自ら名乗り出た。

結果、江戸所払《ところばら》いの裁きを受け、罪を償《つぐな》って江戸へもどってきた与八は、名乗り出たときに面倒をみてくれた、南町奉行所同心・神尾《かみお》伸介《しんすけ》に請《こ》われて手先になり、いまは岡っ引きをやっている。

笑うと、出っ歯気味の唇がとんがって、ひょっとこの面に似てくる。

そんな与八の顔を見るたび、いつも隼人は、

(与八は顔で得している。この顔つきなら、どんな窮地に陥っても、余裕があるように見えるだろう)

と、おもっている。

お藤は、以前、蝶奴《ちようやっこ》という源氏名で、気《き》っ風《ぷ》の良さと美貌を売り物に、深川《ふかがわ》の遊里で評判の、売れっ子芸者だった。

浪人だった父の仕官を約定《やくじよう》した、幕府の要人に利用され、隼人の見張り役をやらされていたお藤は、父の病死も知らせなかった要人に愛想《あいそ》を尽かし、次第に隼人に協力するようになっていった。

側目付の任務の途上、非業《ひごう》の死を遂《と》げた父・武兵衛のように、うまく三味線《しやみ》を弾《ひ》きこなしたい、という隼人の望みを聞き入れたお藤は、特訓を重ね、短い間にそれなりに弾きこなせるまでに教え込んだ。

隼人は、いつでも探索の旅に出られるように、やっていた三味線の師匠をやめたお藤のところへ、たったひとりの弟子としていまでも五日に一度、稽古に通っている。

お藤は、やや吊り気味の大きな二重瞼《ふたえまぶた》の瞳、鼻筋の通った、高からず低からずの鼻、小さめのぼってりした唇が、瓜実顔《うりざね》に案配よく配された、艶《あで》やかな色気と、勝ち気さが同居している、飛び切りの美人だった。

大岡が、与八とお藤に、隼人に新たに命じられた任務のなかみについて話した後、ふたりを見やって告げた。

「探索の段取りは、仙石と打ち合わせてくれ」

与八とお藤が、無言でうなずいた。

視線を隼人に移し、大岡がことばを重ねた。

「わしが江戸南町奉行のほかに、［大岡組］と呼ばれる新田開発などを手がける関東地方《じかた》御用掛《ごようがかり》を勤めていることは知っておろう」

「存じております」

応じた隼人に、大岡が告げた。

「大岡組は、武蔵野《むさしの》の新田開発のほかに、小田原藩が手がけている酒匂川《さかわ》の治水事業にも手を貸している。酒匂川は大雨のたびに堤が決壊し、相次いで洪水になる厄介な川でな。小田原藩だけでは手に余る事業、公儀から、かなりの援助金が拠出されている。その拠出金の差配を任されているのがわしだ」

いったんことばを切って、大岡は続けた。

「それゆえ小田原藩の重臣たちは、わしの名を出せば、何かと便宜をはかってくれるはずだ。存分にわしの名を利用してよい。ただし、事後に小田原藩の何某《なにがし》に動いてもらった、との報告だけはしてくれ。後々の付き合い方が変わってくるからな」

「承知しました。一件落着の報告書に、世話になった方々の名を記しておきます」

「そうしてくれ」

「お願いしたいことがあります」

「何じゃ」

「盗賊たちが押し入った大店にかかわる調べ書に目を通したいのです。できれば、これからすぐにでも読みたいのですが」

「わかった。直ちに手配する」

「今日のうちに、調べ書を読み、明日、明後日の二日間、押し込まれた大店近辺に聞き込みをかけ、三日後には江戸を発《た》ち、押し込まれた分限者たちの屋敷周辺を調べながら、小田原へ向かう所存。できれば明日にも、東海道筋で押し込まれた、豪農などの名と屋敷の所在地を記した覚書を、お藤に預けてもらいたいのですが。私と与八は聞き込みに歩き回りますので」

「承知した」

お藤に顔を向け、大岡が続けた。

「お藤、明日の夕七つに同心の神尾伸介を訪ねてきてくれ。覚書を用意しておく」

「わかりました」

お藤が応じる。

「どれ、調べ書を取りそろえて用部屋へ持ってくるよう、指図《さしず》してくる。暫時、待ってくれ」

大岡が立ち上った。

大岡が御用部屋から出て行ったのを見届けて、隼人が躰《からだ》ごと振り向いて、与八たちと向き合った。

「三日後、暁《あかつき》七つに日本橋《にほんばし》の高札場《こうさつば》で落ち合おう。それまでに旅の支度《したく》をととのえておいてくれ。品川宿で押し込まれた分限者の屋敷近辺を聞き込む。人目についてもかまわない。傍目《はため》にも調べていることがわかるように堂々とやる。つけてくる者がいるかどうか、見極めるための探索でもある」

「わかりました」

神妙《しんみよう》な面持《おもも》ちでお藤がこたえ、

「御上風《おかみかぜ》をおもいっきり吹かせて、偉そうにやりますぜ」

にやりとして、与八が応じた。

五

翌日、隼人と与八は、江戸で最初に押し込まれた、本町の両替商［伊丹屋《いたみや》］のまわりで聞き込みをかけた。

昼前に聞き込みを終えたふたりは、昼飯を食べに、間近なところにある蕎麦屋《そばや》に入った。

小上がりの、壁際の卓に向かいあって座ったふたりのところに、小女《こおんな》が注文をとりにきた。

「蒸籠《せいろ》をふたつ、くれ」

と声をかけた後、隼人が与八に顔を向け、訊いた。

「それでいいな」

無言で、与八がうなずく。

小女が立ち去るのを待って、隼人が告げた。

「つけられている。気がついたか」

目を光らせて、与八がこたえた。

「昨日、旦那が、南町奉行所を出る間際に、つけられるかもしれぬ。気をつけろ、といわれたんで、神経を研ぎ澄ましておりやしたら、南町奉行所を出たところから、あっしの住まいまでつけられやした。今朝は、住まいのそばで張り込んでいたらしく、出かけたときからつけられっぱなしで」

「おれも同じだ。おそらくお藤も、つけまわされているだろう」

「つけているのは、盗っ人一味の者ですかね」

「まだ、わからぬ。そのうちはっきりするだろう」

声をひそめて、隼人がことばを重ねた。

「実は、大岡様もつけられていた」

「お奉行さままで」

驚いて、おもわず声を高めた与八が、あわてて、ほぼ満席の店内に目を走らせた。

幸いにも、気づいた者はいないようだった。

ほっとしたのか、苦笑いして与八がつぶやいた。

「つい声をあげてしまった。どうも、いけねえ」

と頭をかいた。

笑みをたたえて、隼人が告げた。

「よかったな。みんな、蕎麦を食うのに夢中だ」

口調を変えて、隼人がつづけた。

「ざっとだが、盗賊の調べ書に目を通して、不思議に思ったことがあった。たいがいの盗っ人は押し込む前に、近所に店のことを聞き込んだり、下調べをしたりするものだが、此度の盗っ人は、下調べをした気配がない。近所の者も、店を窺《うかが》っているような見知らぬ者を見ていない。今日、聞き込みをかけてみたんだが、押し込まれる前、誰も不審な者を見ていないことがたしかめられた」

「あっしが聞き込んだ五人も、店が襲われる前に怪しげな者は見かけなかった、といっていました」

応じた与八に、首をひねって隼人がいった。

「盗っ人どもは、目星をつけた店にいきなり押し込んだ。そうとしかおもえぬ」

「大坂城に忍び込んで、太閤秀吉《たいこうひでよし》さまを殺そうとした石川五右衛門《いしかわごえもん》という忍びあがりの大泥棒がいましたが、まさか、この平和な時代に戦国のころの忍びが蘇ったなんて、そんなことあるはずがねえ。けど、手口から推測したら、ないともいいきれねえ」

と、与八も首を傾げた。

隼人が独《ひと》り言《ご》ちた。

「忍びの者だった石川五右衛門は、身につけた技を駆使して大泥棒になった。狙う屋敷に忍び込み、天井裏に潜んで調べれば、その家の間取りなど簡単にわかる。下調べなどいらぬ。石川五右衛門か」

再び、うむ、と首をひねった。


西空が夕焼けに染まるころ、隼人と与八は、駿河町の大店の焼け跡の前に立っていた。

類焼した両隣の店の、焼け崩れた柱や瓦《かわら》などを、十人ほどの人足《にんそく》たちが片付けている。一隅に、主人や番頭たちと思われる男たちが、作業の進み具合を眺めていた。

隣家の火事に気づいた主人が奉公人たちとともに、金蔵《かねぐら》に蓄えていた金子《きんす》を持ち出したのだろう。仮店をつくり、商いを始めるための作業と思えた。

横目で建て直しに向かっている隣家の様子を眺めながら隼人が、肩を並べた与八に話しかけた。

「押し込まれた大店は家人、奉公人が皆殺しにあっている。この焼け跡は、主人を失った土地なのだ。当分の間、このままであろうよ」

「たしかに」

応じた与八が、腹立たしげに吐き捨てた。

「ふたりつるんで、まだつけてきやがる。あのふたり、仲間に違いねえ」

目を焼け跡に向けたまま、隼人が告げた。

「つかず離れずだが、明らかに連携して動いている。まず仲間だろうな。明後日、品川宿のはずれにある、盗っ人に押し込まれた豪農の屋敷の近くで聞き込みをかける。落ち合う日本橋の高札場から品川宿、盗っ人一味の押し込んだ屋敷の聞き込みをかけている間も、ずっとつけてきていたら、盗っ人一味の者と見立ててもいいだろう」

「必ずつけてきますよ。賭《か》けてもいい」

「おれも、つけてくると判じている」

「同じじゃ、賭けが成り立たねえ。賭けはなしですね」

「そうだな」

「ところで、明日はどうしやしょう」

「明日は旅の支度にあてよう。一件落着まで、長丁場になりそうだ」

「わかりやした。そうしやしょう」

与八が、浅く腰を屈《かが》めた。

第二章　悪知恵《わるぢえ》比べ

一

江戸での探索を終えて二日目の暁《あかつき》七つ（午前四時）に、日本橋高札場《こうさつば》の前に集まった隼人《はやと》、与八《よはち》とお藤《ふじ》は、品川宿へ向かって歩き始めた。

日本橋川の川沿いにある魚市場へ、急ぎ足で仕入れへ行く、担《かつ》ぎ商いの魚屋の何人かと行き交った。すでに始まっているらしく、競《せ》りの声が風に乗って聞こえてくる。

その声を背中に聞きながら、隼人たちは黙々《もくもく》と足を運んだ。

芝《しば》の愛宕《あたご》権現門前町《ごんげんもんぜんちょう》の通りをすすんでいく隼人が、不意に足を止めた。与八とお藤も立ち止まる。

ふたりを見やって、隼人がいった。

「つけられている。見え隠れに三人。どうやらお藤にも　見張りがついていたようだな」

お藤が応じた。

「大岡さまから呼ばれて、南町奉行所へ出向いた日から尾行がついています。旅に必要なものを買いに、近くの小間物屋《こまもの》に行ったときも、つけてきていました。どういうわけか、つけていることを隠す気がないような気がします」

横から与八が声を上げた。

「おれも同じだ。南町奉行所を出たときから、つけられている。気配を隠そうともしていない。何を考えているのか、わからねえ。みょうに気持ち悪《わり》いや」

にやり、として隼人が応じた。

「見くびられたものだ。おれたちが、つけてくる奴らに声をかけ、つけてくるわけを問いただしてくるのを待っているのかもしれぬな。言いがかりをつけられ、喧嘩《けんか》になった。自分の身を守るために、やむを得ずやっつけた、と言い抜けることができるように動いている。そんな気がする」

「つけてくる奴らに、あっしが石礫《つぶて》を投げつけて、敵の業前《わざまえ》を見届けますか。どうします」

懐《ふところ》に入れてある石礫を入れた袋を取り出そうと、与八が胸元へ手を近づけた。

目で、その動きを制して、隼人が告げた。

「襲ってくる気配はない。もう少し泳がしておこう。それと、この十日ほど江戸では盗《ぬす》っ人《と》一味はなりを潜《ひそ》めている。おそらく江戸から離れたのだろう。数人の見張り役を残してな」

横から与八が訊《き》いてきた。

「つけてきた三人が、その見張り役かもしれない。旦那はそう見立てていられるんで」

「そうだ。盗っ人一味がもどった先は、おそらく小田原ではないか、ともな。一味の押込みは小田原から始まっている。江戸へ下り、荒稼ぎして、また小田原へ帰る。そんな気がする」

「その途中で、どこかに押し込むかもしれない。そういうことですかい」

「多分」

問いを重ねてきた与八にこたえ、ふたりに目を流して、隼人がつづけた。

「おれは、盗っ人一味がどうやって盗んだ金を運ぶか、考えてみた。押し込まれた先は皆殺しにあっているので、いくら盗まれたかわからない。おれは少なくとも一万数千両は盗《と》られたのではないか、と推測している。千両箱で十数個といったところだ。旅の商人を装って、ひとりが千両箱ひとつを背負って運ぶ。それが一番目立たない方法だと、おれは思う」

「あっしも、そう思いやす」

と与八がこたえ、お藤が無言でうなずいた。

「品川宿から川崎宿へ行くには、六郷《ろくごう》の渡しで渡船《とせん》に乗らねばならない。千両箱を背負った数人が同じ渡船に乗り合わせたら、船は常より沈み込むだろう。常とは違う渡船の様子に、不審を抱いた川会所《かわかいしょ》の番人が、乗客たちの荷検《あらた》めをするかもしれない」

「街道筋を盗っ人一味が荒らし回っている。川会所の番人も警戒の目を注《そそ》いでいるでしょう。些細なことでも、気にかけるはず」

「荷検めするでしょうね、おそらく」

相次いで与八とお藤が声を上げた。

隼人が応じる。

「盗っ人一味は、品川宿の近辺で、金を運ぶための、何らかの手立てを講じるような気がする。品川宿で押し込まれた分限者《ぶげんしゃ》の聞き込みを終えた後、新たな事件が起きているかどうか調べる。探索は数日に及ぶかもしれない」

顔を向けて、隼人がことばを継いだ。

「お藤、ここでおれたちと別れ、先行して品川宿に宿をとっておいてくれ。いつものように二間つづきの部屋をとるのだ。泊まることになった宿の二階の廊下の手摺《てすり》に、手ぬぐいを縛りつけておいてくれ」

「わかりました。飯盛女《めしもり》を抱えていない、女子供相手の平旅籠《ひらはたご》は数が少ない。二間つづきの部屋をとるとなると、早めに品川宿に着いて、宿を決めないとみつからないかもしれません。早足で向かいます」

にやり、として隼人が告げた。

「これは一石二鳥の策だ。分かれて行くお藤を、どんな奴がつけていくか。いままでどおりの歩調ですすみながら、しかと見届けてやろう」

「目を光らせるだけ光らせて、怪しげな奴の面《つら》を見覚えるよう頑張りますぜ」

にやり、として、与八が応じた。

「それでは、お先に」

会釈《えしゃく》して、お藤が歩き出した。

早足で遠ざかる。

しばし見送っていたふたりが、さりげなく目配《めくば》せしあった後、ぐるりに目を走らせ、まず隼人が、少し遅れて与八が足を踏み出した。

二

お藤の姿が見えなくなっても、つけてくる者たちに動きはなかった。

のんびりとした足取りで、隼人と与八はすすんでいく。

芝の海で獲《と》れた魚は、芝肴《しばざかな》と呼ばれている。漁師たちが、その芝肴を持ち込んで取引する、雑魚《ざこ》場《ば》の建屋《たてや》が左手にあった。

東海道の両側に町屋が建ちならんでいる。左手に広がっている芝の海が、建屋の間にある、通り抜けの先に見えた。

突き当たりを左へ折れて、少し行くと芝肴の料理を売り物にしている待合《まちあい》が数軒、連なっていた。

与八が声をかけてきた。

「当てが外れましたね。つけてくる奴らに動きがねえ」

「おれたちとお藤は、いずれ合流するとふんでいるのだろう。そのうち動きだす。いまは待つしかない。奴らはいまも、つかず離れずつけてきている。油断のならぬ相手だと。おれは思う」

「もう少し行くと高輪《たかなわ》。高輪には茶店《ちゃみせ》がならんでいます。そこで、このあたりで盗っ人が押し込まなかったか、と聞き込みをかけてみますか」

「そうだな。十手《じって》をひけらかし、御上風《おかみかぜ》を吹かせまくって、派手にやってくれ。つけてくる奴らに、見せつけてやるのだ。動き出すきっかけになるかもしれない」

にやり、とした隼人に、

「わかりやした。とことんやらせてもらいやす」

ふてぶてしい笑みを浮かべた。

海沿いの道に四方に柱を立てて仕切っただけの、板葺《いたぶ》き屋根の下に縁台を並べた茶店《ちゃみせ》が点在している。吹きさらしの茶店の縁台に、客が座ると、通りをはさんで向かい側にある茶店から、親爺が出てきて注文を聞き、できあがったら運んでくる、という仕組みになっているようだった。

隼人と与八は、海から通りを隔《へだ》てたところにある茶店の、通りに面した縁台に腰をかけていた。

芝の海のあちこちに、多くの漁船や、五百石船などの帆掛け船が浮かんでいる。

漁船には、釣り竿を手にした多数の漁師たちが乗り込み、釣り糸を垂《た》れていた。

海に投網《とあみ》を投げ入れる漁師の姿もあった。

注文をとりにきた親爺を見やって、薄ら笑いを浮かべた与八が、これみよがしに懐から十手をとりだす。

一瞬、困惑した様子をみせた親爺に、十手で軽く左手の掌《てのひら》を叩きながら、与八がいった。

「見ての通り、御用の筋だ。最近、盗っ人から押し込まれた分限者がいるか、訊きたいんだ」

「盗っ人が押し入ったなんて話は、耳に入ってきませんね。けど」

「何かあったのかい」

身を乗り出した与八に、首をひねって親爺がこたえた。

「五日ほど前の夜、浜に上げてあった富五郎網元《とみごろうあみもと》の持ち船が六艘《そう》ほど、誰にいたずらされたか、それとも盗まれたのか、海へ押し出され、どこへ流れていったか、まだみつかっていないそうで」

「漁船が六艘、海へ流されただと」

ちら、と与八が隼人に目を走らせた。

うむ、と隼人が無言でうなずく。

その目が鋭い。

うなずき返した与八が、親爺の鼻先に十手を突きつけて訊いた。

「富五郎親方の屋敷の場所と、いたずらされ、海へ流された漁船を上げてあった浜がどのあたりか、教えてくれねえか」

「お安い御用で。漁船が上げてあったのは雑魚場近くの浜です。富五郎網元のお屋敷は」

海のほうへ向き直った親爺が、腕を上げて雑魚場のある方を指差しながら、話しつづけた。

縁台から立ち上がり、与八と肩をならべた隼人が、親爺の指さす方へ目を注いでいる。

目の前に芝の海が広がっている。

海には、魚を捕《と》っている多数の漁船が浮かんでいた。

隼人と与八が、浜辺に立っている。

背後に雑魚場の建屋が列《なら》んでいた。

ぐるりを見回して、隼人が告げた。

「雑魚場近くの浜辺に上げておいた漁船を、六艘も海へ押し出す。おそらく深更《しんこう》に盗んだのだろうが、近くにある町屋や、雑魚場に泊まり込んでいる見張り番に気づかれることなく為遂《しと》げたということは、身軽で力持ち、夜目《よめ》のきく連中が集まって仕掛けたのだろう」

「旦那は江戸を荒らした盗っ人一味の仕業《しわざ》、とにらんでいるんですね」

「盗み出した巨額の金を、人目につかないように運ぶには、船で海路を行くのが最良の手段だ。陸《おか》に沿ってすすめば、帰り着く先が海沿いなら、迷うことなく行き着ける」

振り向いて、隼人がつづけた。

「つけてきた奴らは、雑魚場の建屋の陰に身を潜めている。ご苦労なこった」

「二六時中張りつく気でいやがる。よほど、あっしらの動きが気になるようですね」

「いまのところ、つけ回すだけだが、そのうち盗っ人一味の探索をしている者たち、目障《めざわ》りな連中だと断じたら、容赦《ようしゃ》なく命をとりにくるだろう。つけてくる奴らと一味が合流したら、間違いなく襲ってくる」

「石礫だけじゃ自分の身も守れねえ。鉄の礫でも誂《あつら》えて、持ち歩かなきゃいけやせんね」

「そのほうがいいだろう。もっとも石と鉄じゃ重さが違う。鍛錬《たんれん》しなきゃなるまい」

「すぐ慣れますよ。もっとも今度の探索には間に合わない。鉄礫に代わるものを見つけなきゃいけません」

「鉄礫の代わりになりそうなものがあるかどうか。おれも考えてみよう」

海に目をもどして、隼人がことばを継いだ。

「さて、品川宿へ向かうとするか」

「網元の屋敷へ行かなくてもいいんですかい」

「網元は、漁船を盗み出されたときの様子を見ていない。聞き込みをかけても、探索の役に立ちそうな話は聞き出せないだろうよ」

「そうでしょうね。じゃ、行きますか」

「小腹が空《す》いた。うまい魚を食わせる待合に立ち寄って、軽く飯でも食っていこう。つけてくる奴らを引っ張り回し、焦《じ》れさせるのも一興だ」

隼人が、悪戯《いたずら》を仕掛ける悪ガキのような笑みを浮かべた。

三

浜の地形をあらためた隼人と与八は、念には念を入れるべく雑魚場に行き、雑魚場差配に会った。

差配に、漁船を盗まれた夜に宿直《とのい》していた奉公人を引き合わせてもらい、船が盗まれた夜の状況について聞き込みをかけた。

これみよがしに十手をひけらかし、話を聞き出そうとする、与八の御上風の吹かせ方は、威圧的でなかなか堂に入《い》ったものだった。

凄《すご》みをきかせた与八に怖れを抱いたのか、奉公人は訊かれたことには、洗いざらいこたえていた。

傍《かたわ》らにいて、聞き込みに立ち会った隼人は、与八の強面《こわもて》の悶っ引きぶりを見て、いつもの気さくさとはまったく違う様子に呆《あき》れ返り、何度も吹き出しそうになったが、ことさらに憮然《ぶぜん》とした表情を作って、必死にこらえた。

奉公人のこたえは、

「漁船を浜から海に出すときには、船と砂がすれあう音がするが、あの夜は、そんな音は聞こえなかった。ただ、海が荒れていたのか、浜に押し寄せる波の音は、いつもより大きかった。異様な音は聞こえなかったので、宿直にあてがわれた部屋からは一度も出なかった。波が荒れていたかどうか、たしかめていない」

というものだった。

隼人は、いつもより波の音が大きかった、ということばに、なぜか引っかかるものを覚えた。

波の音を擬《ぎ》する術を身につけている者がいたら、宿直部屋の近くで波の音の擬音を作り出すことができるのではないか、と思ったのだった。

が、隼人は、その疑念をすぐに打ち消していた。戦国の世の忍びでもないかぎり、自然の音を作り出すなどという術を心得ている者が、今の世に存在するとは思えなかったからだ。

(戦国の世の忍びか)

今度は、忍びということばに囚《とら》われていた。

江戸を荒らし回った盗っ人たちが、盗みに入った大店《おおだな》の下調べをしていた様子は見受けられなかった。

狙いをつけた大店に、鍛錬した忍び込みの技を駆使して、いとも簡単に押し込み、家人奉公人を皆殺しして、蔵《ぞう》されていた金銀財宝を洗いざらい奪って、建屋に火をつけて逃げ去る。

奇襲攻撃を得意とする忍びの動きに酷似している。隼人は、そう推察していた。

(此度《こたび》の、漁船の盗みぶり。忍びを彷彿《ほうふつ》とさせる動き。しかし、いまどき戦国の世と同等の技量を備えた忍びの集団がいるとは、とても考えられぬ。が、いないとも決めつけられぬ)

その思案が、隼人のなかで居座り、燻《くすぶ》りつづけていた。


雑魚場を後にした隼人と与八は、品川宿へ向かった。

品川宿は品川歩行新宿《かちしんしゅく》、北品川宿、南品川宿の三か宿の総称である。

東海道を海沿いにすすむと品川歩行新宿一丁目に入る。

海岸沿いの稲荷の近くにある平旅籠の、二階の廊下の手摺にかけてある、お藤が宿をとっていることを示す手ぬぐいを見いだした隼人と与八は、［磯屋《いそや》］と軒《のき》看板を掲げた宿へ向かって歩を運んだ。

「ともに旅をしているふたりが、後からくる」

といわれていたらしく、お藤の名を告げると、応対した番頭が、

「お連れさんがお着きだ。お藤さんの部屋へ案内してくれ」

と近くにいた女中に声をかけてくれた。

お藤は部屋で待っていた。

入ってきたふたりの顔を見るなり、お藤が隼人に声をかけてきた。

「どうでした。つけてきている連中の目当てはつきましたか」

帯から大小二刀を抜き取って壁際に置き、お藤を振り向きながら腰を下ろして、隼人がこたえた。

「用心深い奴らでな。つけてくる気配だけで、姿を見せぬ」

ふたりと車座になるように座り込んだ与八が、隼人のことばを引き継いだ。

「分かれたお藤の跡をつけていくに違いない、と思ったが、当てが外れたぜ。ど

うせ合流するだろう、と読んだんだろうな」

「手強い相手なんだね。とことん用心しなきゃ」

顔を引き締めて、お藤がつぶやいた。

「ひとつ手がかりがつかめた」

告げた隼人に、お藤が問いかけた。

「手がかり？」

与八がこたえる。

「盗っ人一味がどうやって盗んだ金を運んだのかの手がかりさ。六郷の渡しで、行商人に変装し、売り物の品に見せかけて盗んだ金品を背負って渡し船に乗ったら、船は常より沈み込む。それを川会所の番人たちが、見逃すはずはない、と旦那が言い出してな。品川宿の手前で何かやらかしたかもしれない、と考えて聞き込みをかけたんだ」

与八は、高輪の茶店の親爺から、深夜、雑魚場の前の浜辺に置かれていた、十地の網元所有の漁船が六艘盗まれたことを聞きだして、調べに行ったこと、事件の起きた夜に宿直していた、雑魚場の奉公人から、そのときの有様《ありさま》を聞き込んだことなどを話しつづけた。

聞き終えたお藤が、訊いた。

「盗っ人一味は、押し入って奪った金子を、盗んだ漁船で運んだ。そういうことかい」

横から隼人が応じた。

「まだ、わからぬ。盗っ人一味は、小田原から始まって戸塚など東海道筋の宿場近くの分限者たちの屋敷に相次いで押し込み、江戸に入った。六郷の渡しの手前で船を盗んだのは、江戸で奪った金を運ぶためにやったことだろう。六郷の渡しの手前で奪った金品は、どこぞに隠しておいて、折りをみて、一味の拠点に運び込むのではないか。おれは、そう推測している」

「川崎宿から小田原までは陸つづき。運ぶ手立てはいくつもありやす」

口をはさんで、与八が独り言のようにつぶやいた。

お藤から与八に視線を流して、隼人が告げた。

「川崎宿から小田原宿へ向かう道筋で、重そうな荷を運んでいた連中を見なかったか、と聞き込みをかけねばならぬな」

「そうしますか」

と与八がこたえ、お藤が無言でうなずいた。

隼人が、さらに告げた。

「明日は暁七つに宿を出て、できれば朝一番に八幡塚村《はちまんづかむら》の船着場から出る、六郷の渡し船に乗って、川崎宿に渡る。つけてくる連中も、同じ渡し船に乗るはずだ」

わきから与八が声を上げる。

「そうでしょうね。六郷の渡しは人を乗せる歩行船《かちぶね》が六艘、馬や荷を運ぶ馬船《うまぶね》八艘の、合わせて十四艘を、総勢十六人の船頭が交代で船を漕《こ》いでいる。歩行船は旅人の多い朝と夕には、品川宿側にある八幡塚村の船着場と川崎宿船場町《せんばちょう》の船着場を一刻に三往復ほど、旅人の少ない刻限は一往復ほどになる、と聞いておりやす。同じ船に乗らなかったら、あっしらを見失うかもしれない。多少の危険を冒《おか》しても、同乗せざるを得ないでしょう」

「乗客たちのなかで不審な動きをする者がいないか、目を光らせなきゃ。つけてくる者たちを見つけ出す、めったにない機会だし」

応じたお藤に、顔を向けて、隼人が告げた。

「お藤、渡し船から降りたら、戸塚宿に先乗りして、宿をとっておいてくれ。おれと与八は、川崎宿近くで押し込まれた豪農の屋敷のまわりで、聞き込みをかけ、終わり次第、戸塚宿へ向かう」

「平旅籠で二部屋とって、旅籠の廊下の手摺に手ぬぐいをかけ、旦那と与八さんが着くのを待つ。品川宿と同じ段取りでいいんですね」

「そうだ。戸塚宿には二泊する。つけてくる奴らに誘い水をかけるためだ」

ふたりが無言でうなずいた。

「話は終わった。夕飯前に一風呂《ひとつぶろ》浴びるか、飯の後にするか、それぞれの勝手にしよう。おれは、一寝入りする。飯になったら起こしてくれ」

ごろりと横になって、肘枕をした。

すぐに寝息を立て始める。

呆れたように与八がつぶやいた。

「いつでもどこでも、すぐに寝入る。旦那の特技のひとつだぜ」

「疲れているんだよ。いつも気を張りつめているからね」

優しさを溢《あふ》れさせたお藤が、蕩《とろ》けるような眼差《まなざ》しで、隼人の寝顔に見入っている。

「これだ。面《つら》を突き合わせているときに、そういう目つきをしてやれば、旦那も、もう少し優しくしてくれるぜ」

揶揄《やゆ》した与八を、お藤が睨《にら》み付けた。

「お〜怖《こわ》。一風呂浴びてくらあ」

肩をすくめ、大仰《おおぎょう》に目をそらして、与八が立ち上がった。

四

暁七つ（午前四時）に磯屋を出た隼人たちは、急ぎ足ですすみ、朝一番に八幡塚村の船着場から出る渡し船に間に合って、乗り込んだ。

渡し船には、詰めれば数人は乗り込めるほどの余地が残されていた。

次の渡し船を待つつもりか、船着場のそばにある茶店の縁台には、数人の旅人が腰をかけている。

船頭のひとりが呼ばわった。

「船が出るぞ〜」

縁台に座っていた旅人のひとりが立ち上がる。

そのとき、茶店の後ろから、旅の薬売りが三人、走り出てきた。

三人が、相次いで渡し船に飛び乗る。

艫《とも》の空いていたところに、三人は鮨詰《すしづ》めさながらに躰《からだ》を寄せ合い、窮屈そうに座った。最初に乗り込んだひとりが、後から乗って横向きに腰を下ろしたふたりの姿を、舳先《へさき》のほうに座った隼人たちから、自分の背中で遮《さえぎ》るように、艫を向いて座りこんだ。

そんな薬売りたちに隼人が、与八が、お藤までもが、一挙手一投足をも見逃すまいと、鋭い目を注いでいる。

渡船が六郷川を渡り、川崎宿の船場町の船着場に着くまで、薬売りたちは顔を寄せ、身を寄せ合って、隼人たちに顔を見せないようにしていた。

隼人たちより先に、河川敷に降り立った薬売りたちは、急ぎ足で川崎宿のなかへ入っていった。

隼人たちは、渡船場近くにある茶店へ向かう。

茶店の奥に置かれた縁台にならんで座り、隼人が声をかけた。

「磯屋が朝飯代わりにつくってくれた握り飯は、昼飯にまわして、この茶店で茶と握り飯を頼もう。食べ終わったら、おれと与八は盗っ人一味に押し込まれた分限者の屋敷へ向かい、近くで聞き込みをかける。お藤は、戸塚宿へ先乗りしてくれ。戸塚宿の旅籠で、諸々話し合おう」

旅籠で話し合おう、と告げた隼人の、言外に含まれたことばの意味を、（ここは人の耳目《じもく》があるところ。探索にかかわる話は戸塚宿の旅籠で）と察して、与八とお藤が無言でうなずいた。

注文を聞きにきた親爺に、与八が声をかけた。

「茶と握り飯二個を三人前。茶は熱くて、濃いほうがいいや。まだ眠気が覚《さ》めねえんでね」

「それじゃ、できるだけ熱いのを」

親爺が、愛想《あいそ》笑いをつくって応じた。

小半時（三十分）後、隼人と与八は茶店の前にいた。

歩き去るお藤を見送っている。

お藤が、川崎宿の江戸方見附《みつけ》の標柱《ひょうちゅう》の前を通り過ぎたのを見届けて、隼人が与八に声をかけた。

「さっきの薬売りたちが、おれたちをつけてきた奴らかどうか、一遊びしてやるか」

「一遊び？」

鸚鵡《おうむ》返しをした与八に隼人が応じた。

「盗っ人一味に押し込まれた、分限者の屋敷の焼け跡は、川崎宿の上方《かみがた》見附の標柱を通り過ぎて、少し行ったところにある。その分限者、表向きは町医者だが、陰で高利貸しをやって大儲《もう》けしていたそうだ。三人の土地のやくざに、それぞれ一軒ずつ飯盛女を抱えた飯盛旅籠もやらせていた」

「このあたりには医者が少ない。やりようによっちゃ濡れ手に粟《あわ》の、ぼろ儲けができたでしょうね」

「そうだろうな。盗っ人一味に押し込まれて殺されたが、天罰が下ったと溜飲《りゅういん》を下げた者もいたかもしれぬな」

そこでことばを切った隼人が、にやり、としてことばを重ねた。

「薬売りたちは、おれたちが、分限者の屋敷跡に向かうはず、と思っているだろう」

「江戸方見附の標柱近くで身を潜めて、待っているんじゃねえかと」

「多分な。そこでだ。おれは、これから川崎大師《かわさきだいし》に詣《もう》でようと考えている」

「川崎大師へ詣でるですって。また、なんでそんなことを」

「薬売りたちが慌てまくって、おれたちを探す様子を眺めてやろうと思ってな」

一瞬、驚いた表情を浮かべた与八が、薄ら笑いを浮かべて応じた。

「なるほど。まさしく一遊びだ」

「行くぞ」

声をかけて、隼人が歩き出す。

半歩遅れて、与八が足を踏み出した。

川崎大師こと大師《だいし》河原《がわら》平間寺《へいけんじ》は、真言宗《しんごんしゅう》の寺である。

本殿の前で手を合わせ、祈り終えた隼人と与八は、顔を見合わせ、苦笑いをした。

ぐるりを見渡して、隼人がいった。

「また目論見《もくろみ》が外れたようだな。薬売りたちめ、姿を見せぬ。どうせ東海道を小田原へ向かうだろうと踏んで、高利貸しを兼ねた町医者の、屋敷近くで待っているのだろう」

「したたかな奴らだ。生半可《なまはんか》な策には乗ってこない。こうなりゃ、どっちが相手を出し抜くか、悪知恵比べってとこですね」

与八が不敵な笑みを浮かべた。

「悪知恵《わるぢえ》比べか。六郷の渡しでは狙い通りの結果が出たが、二度、見込みがはずれている。今度は負けられない」

つぶやいて、隼人が首を傾げた。

ややあって、与八に目を向けて告げた。

「いい手を思いついた。今度は、おれの勝ちだ」

「どんな策で？」

興味津々《しんしん》で、与八が問いかける。

「そのときになったら、わかる」

にやり、とした隼人に、

「教えてくれないんで。冷てえなあ」

与八が不満げに口を尖《とが》らせた。

行く手の右側に、半分焼け落ちた門と連なる塀が見えている。川崎宿の名残《なごり》ともいうべき町屋が、東海道の左右に点在していた。

崩れた塀の向こうに、焼失した屋敷の残骸が垣間《かいま》見える。

「もうすぐ強欲《ごうよく》医者の屋敷の焼け跡だ。中に入って調べますか、それとも聞き込みをかけますか」

歩を移しながら、話しかけてきた与八に、隼人がこたえた。

「素通りする。ちらほらと見える町屋の住人に聞き込みをかけても、手がかりになるような話は聞けないだろう」

首をひねって、与八が不服そうに鼻を鳴らした。

「わからねえな。焼け跡のなかに手がかりになりそうなものが残っているかもしれねえ。なぜ調べないんですか」

「薬売りたちは、川崎宿の江戸方見附を過ぎたあたりからつけてきている。調べないで素通りしたら、奴らはなんと思うだろう」

「なぜ、調べない。調べないのには、それなりの理由があるはずだ、と不思議がって、そのわけを探ろうとするでしょうね」

こたえた与八に隼人が告げた。

「盗っ人一味が押し込んだ屋敷の近辺で、盗っ人の残した手がかりを、少しでも得たいと考えて、旅に出たのではないのか。そのうちの一軒を素通りするなんて、何のために出てきたのだ、と疑念を抱いてくれれば、おれの策が功を奏したことになる。旅の目的を訊きだそうと、襲ってきてくれたら何かと手間が省けるが、おそらく襲ってはこないだろう。何度も、敵を陥《おとしい》れる悪知恵を考えて、仕掛けつづけるしかない」

「捕らえて責め立てても、口を割らないでしょう。薬売りたちが動き出すのを待つしか、手はないようですね」

「決して後ろを振り向くなよ。尾行に気づいていないようなふりをしつづけるのだ」

「わかりやした。そうします。悪知恵比べに、我慢《がまん》比べが加わったか。楽な話はねえな」

溜息《ためいき》をついて、与八が空を見上げた。

青く晴れ渡った空に、ちぎれ雲がひとつ、風のまにまに、のんびりと漂《ただよ》っている。

五

江戸から東海道へ上《のぼ》っていく旅人たちは、川崎宿を素通りして、戸塚宿に泊まる者が多かった。

戸塚宿は、江戸と小田原宿の中間地点にある。昼間のうちに箱根《はこね》を越えるためには、どうしても小田原宿で泊まらなければならなかった。

一日目は戸塚宿の旅籠に泊まり、翌日は小田原宿に泊まるのが、旅人にとって、最も効率的な旅のすすめ方であったのだ。

薬売りは三人いるにもかかわらず、つけてくる気配はひとりだけのものだった。

(三人が間を置いて、つけてきているのだろう。先頭のひとりが尾行に気づかれて命を失っても、残るふたりでつけていくことができるという、尾行に慣れた者たちが、よく使う手立て)

そう隼人は推察していた。

後ろを振り向くことなく隼人たちは、黙々と歩を移していく。

神奈川宿近くにくると、西南の方に富士山が見え始めた。このあたりは風光明《ふうこうめい》媚《び》な地として知られている。

東海道の左手には、海が広がっていた。

神奈川宿には船着場があり、寄港する船方《ふなかた》たちが多数やってきた。そのせいか旅籠や商家が多く、東海道を行く旅人のほとんどが、素通りしていくにもかかわらず、繁盛している宿場でもあった。

隼人と与八は、昼飯を食べるため、本牧十二天森《ほんもくじゅうにてんのもり》の海を望める大木の根元に腰を下ろした。

船瀬には、樽廻船《たるかいせん》や菱垣廻船《ひがきかいせん》の五十石船や百石船など、十数隻が停泊している。その近くには、漁をしているのか、数十艘の漁船が浮かんでいた。

(多数の漁船が、あちこちで魚を獲っている。が、海に浮かんでいた船のほとんどが漁船だった芝の海とは、まったく別の風景だ。東海道近くの、昼の海には、つねに漁船が浮かんでいる。盗っ人たちが操る漁船を見かけても、その船が盗んだものだと疑う者は、ひとりもおるまい)

海の景色を眺めながら、胸中でそうつぶやいた隼人は、膝の上に置いた竹の皮の包みを開き、くるまれていた握り飯ふたつのうちの、ひとつを手にとった。

昼飯を食べ終わり、竹皮をたたんだ隼人が、最後の一塊《かたまり》を頬張《ほおば》った与八に声をかけた。

「戸塚まで五里足らず。陽《ひ》が落ちる前に着きたい。薬売りと一遊びしすぎた。急ごう」

「腹ごなしになる。そうしましょう」

身軽な動きで与八が立ち上がった。


武蔵《むさし》国と相模《さがみ》国の国境《くにざかい》の、境木村《さかいぎむら》を過ぎたところで、隼人が話しかけた。

「おれたちが早足になってすすんでも、ほとんど同じ隔《へだ》たりをおいてつけてくる。歩きぶりからみて、かなり武術の修行を積んだ者だな」

「あまり殺気を感じねえ。襲ってくるのを待っていても、埒《らち》があかない。こっちから仕掛けたほうがいいんじゃねえかと」

歯痒《がゆ》いおもいが、与八の言外に籠《こ》もっていた。

「本気で殺気をぶつけてくるまで、待つつもりだ。もう少し引きずり回せば、苛《いら》立《だ》ってくるさ」

気楽な口調の隼人に、

「あいつらが苛立つ前に、あっしのほうが焦れてきやした。あいつら、ただの盗っ人とは思えねえ。得体《えたい》が知れねえ」

腹立たしい口調で、与八が吐き捨てた。

ふたりが戸塚宿の江戸見附を過ぎ、北の町外れにある吉田橋《よしだばし》にさしかかったころには、陽が山陰《やまかげ》に沈みかけていた。

吉田橋は、江島鎌倉《えのしまかまくら》道と東海道が交わるところにある。

通りの左右に建つ旅籠の二階の手摺にかけてある、お藤が泊まっていることを示す、合図がわりの手ぬぐいを見つけ出そうと、隼人は左側の、与八は右側の旅籠に気を配る、と決めて目を走らせていた。

隼人のなかに、

(川崎宿で分かれたときに、おれたちをつけてくる者が、六郷の渡しの渡船に乗り込んできた薬売りたちだということをたしかめるために、おれたちが戸塚宿につく頃合いを見計《みはか》らって、旅籠の二階からでも、街道筋を通る旅人たちを見張っていてくれ、とお藤に指図しておくべきだった)

との、忸怩《じくじ》たる思いが生じていた。

突然、与八が声を上げた。

「お藤だ。あそこに」

指さそうとした与八の腕を、隼人が摑《つか》んで、動きを封じた。

「旦那、痛えよ」

しかめっ面《つら》をして、睨んできた与八に隼人が小声で告げた。

「つけられているんだ。気をつけろ。お藤が、つけてくる奴を見張っているのに気づかないのか。見ろ」

隼人が、しゃくった顎《あご》で指し示した先を、与八が見やった。

「お藤がつけてくる奴を見張っているですって。まさか」

与八の目に、隼人たちの後方に目を注いでいる、お藤の姿が飛び込んできた。

「おれたちを見ていない。後ろのほうだ」

隼人を振り向いて、与八がことばを重ねた。

「旦那が指図されたんで」

お藤を見つめたまま、隼人がいった。

「指図はしていない。お藤が、自分の判断でやっていることだ。大手柄だ。これで六郷の渡しで、ぎりぎりに渡船に乗り込んできた薬売りたちが、おれたちをつけてくる奴らだということが、はっきりする」

「たしかに」

応じた与八に、隼人が告げた。

「これ以上、立ち止まっていたら、つけてくる奴に、何事か、と疑念を抱かせる。

旅籠に入ろう」

「わかりやした」

神妙《しんみょう》な面持《おもも》ちで、与八が応じた。

第三章　三弦仕掛け

一

［明石屋《あかしや》］の二階、街道沿いの廊下に作り付けられた、手摺《てすり》のそばに立っているお藤《ふじ》は、明石屋に入っていく隼人《はやと》と与八《よはち》を見届け、再び通りの江戸方見附方面へ目を注《そそ》いだ。

「連れのふたりが、あたしを訪ねてやってくる。きたら、あたしが泊まっている部屋の隣に案内しておくれ」

と明石屋の番頭につたえてあった。

通りに目をもどした途端《とたん》、お藤の目が大きく見開かれた。

つけてきている薬売りのひとりが、江戸方見附寄りの、数軒先の建屋近くで立ち止まっている。

明石屋をじっと見つめていた。

さらに後ろから、別の薬売りが歩いてくる。

見極めようと身を乗り出したお藤が、あわてて後退《あとずさ》り、戸袋《とぶくろ》の後ろに身を隠した。

動きを止めていた薬売りが歩き出し、明石屋に近寄ってきたのに気づいたからだった。

明石屋の斜め前で足を止めた薬売りは、向かい側の旅籠《はたご》の軒下《のきした》に立っている。

やがて、ふたりめの薬売りがやってきた。

肩を並べて立つ。

ほどなくして、三人めの薬売りがきて、合流した。

三人は、しばし明石屋を見つめて、何やら話し合っている。

次に三人が取った行動に、お藤は驚愕《きょうがく》の目を見張った。

あろうことか、三人は背中を向けるや、向かい側の旅籠［田方屋《たがたや》］に入っていったのだ。

隼人たちが泊まっている部屋の前でお藤は、廊下から声をかけた。

「入るよ、旦那」

返答を待つことなく、お藤が襖《ふすま》を開けて入ってきた。

後ろ手で襖を閉めながら、与八と向かい合って、胡座《あぐら》をかいている隼人に声をかける。

「ひとりずつ間をおいてやってきた薬売りが三人、明石屋の向かい側にある旅籠田方屋の前で顔を合わせ、ちょっと話し合っていたと思ったら、とんでもないことをやってくれたよ」

吐き捨てるようにいい、目を尖《とが》らせたお藤が、ふたりと向き合うように腰を下ろした。

「とんでもないこと？」

鸚鵡《おうむ》返しをした隼人に、お藤がこたえた。

「あいつら、田方屋に入っていったのさ。出てこないところをみると、部屋がとれたんだね」

一瞬、隼人と与八が顔を見合わせた。

与八が、口を開いた。

「ふざけた奴らだ。田方屋へ乗り込んで、とっちめてやりてえ気分だ」

苦笑いして、隼人が告げた。

「そう怒るな。ものは考えようだ。つけてくる気配だけだった連中が、六郷の渡し以来、姿をさらすようになった。薬売りの格好のままでいるということは、奴らには姿を変える手立てがない、ということを意味している。旅先で、何かと余裕がないのだろう。今後は、薬売りを警戒すればいい、ということになるのではないか」

お藤が声を上げた。

「そうだね。これから先は薬売りだけを警戒すればいいと思うと、気分が楽になる」

「その通りだ」

応じた与八が、隼人を見やって、ことばを重ねた。

「旦那。これからどう動けばいいんで」

「三人そろってつけてくるどうか、明日、戸塚宿の外れにある、盗っ人一味に押し込まれた豪農の屋敷近辺を、のんべんだらりと歩き回って、宿に引き揚げてこよう。二晩泊まるのだ。もうひとつ、策を仕掛けてやろう」

「嬉しいねえ。つけ回されて、多少苛《いら》ついていたところだ。少しは溜飲《りゅういん》が下がらあ」

にんまりした与八からお藤に視線を移して、隼人が告げた。

「お藤、明日、明石屋の番頭に頼み込んで、三味線《しゃみ》を二挺《ちょう》、借りておいてくれ」

「番頭さんに渋い顔をされても、粘って借りておくよ。三味線を二挺借りて、何をするつもりさ」

「晩飯を食った後、明石屋と田方屋の間、できれば通りのど真ん中で、おれとお藤で三味線を連奏《れんそう》して、奴らと戸塚宿の旅籠に泊まっている旅人たちに、聞かせてやろうというのさ」

「何でそんなことをやるのさ」

訊《き》いてきたお藤に、

「のんべんだらりと聞き込みをやり、夜は三味線を弾《ひ》いて、騒ぐ。そんなおれたちの様子を見たら、薬売りたちはどう思うだろう。本気で盗っ人一味のことを調べる気があるのか、と疑い始めるのじゃないか」

「どうかしら。あたしにはよくわからないねえ」

お藤が首を傾《かし》げた。

「何もしないより、やったほうがいい。何事も出たとこ勝負だ」

こたえた隼人が、与八を見て、告げた。

「大小二刀を腰に帯びていたら、三味線が弾きにくい。与八は、二刀を持って、そばに付き添っていてくれ。無腰《むごし》のままでいたら、薬売りたちが何を仕掛けてくるかわからないからな」

「わかりやした。喜んで、旦那の太刀持ちを務めさせていただきやす」

揶揄《やゆ》する口調で、与八が応じた。

二

翌日、隼人と与八は、富塚八幡宮《とみづかはちまんぐう》から山側へ少し入ったあたりにある、豪農の屋敷跡近くで、聞き込みをつづけていた。

押し込まれた分限者《ぶげんしゃ》たちの屋敷同様、豪農の屋敷は、柱などわずかな名残を残して焼け落ちている。

豪農は、近所に住む農民たちから、身分、貧富にかかわりなく、誰とでも分け隔《へだ》てなく接してくれる慈悲《じひ》深いお方、と慕われていた。

「年貢が納められないおれの代わりに、立て替えて納めてくれた。少しずつ、立て替えてくれた分を返していったが、催促するでもなく、いつも笑顔で接してくれた」

そう話した小作人もいた。

朝五つ（午前八時）から聞き込みを始めて、昼過ぎには、すでに十数人から聞き込んでいる。

あらためて、豪農の屋敷跡へもどってきた隼人は、残骸をとどめている表門の前で立ち止まり、与八に話しかけた。

「つけてきている者たちは、薬売りに化《ば》けている、とおれたちが推測していることに気づいているはずだ。なのに、面と向かって姿をさらそうとしない。まだ実体を隠そうとしている。ご苦労なことだ」

「いい加減にしろ、とどやしつけてやりたいくらいで」

与八が大仰《おおぎよう》な仕草《しぐさ》で、周囲を見渡した。

「戸塚宿は、東海道が開かれたときには宿場として扱われていなかった。御神君が東海道宿駅《しゆくえき》制を定められ、東海道が開通されたときには、戸塚は宿場ではなかった。名主《なぬし》や有力者たちが相談して代官に願い出、開通して三年後に、戸塚は宿場として認許されたのだ」

こたえた隼人に、与八が問うた。

「それじゃ、東海道ができたときには、江戸から品川宿、川崎宿、神奈川宿から保土ケ谷《ほどがや》宿ときて、その次は藤沢宿へと旅をつづけたわけですかい。保土ケ谷宿から藤沢宿の間は山坂が多い道のり。荷運びが大変だったんじゃないですか」

「その通りだ。保土ケ谷宿の伝馬役《でんまやく》は荷運びに難渋《なんじゅう》して、伝馬役を務めるので宿駅として指定してほしい、という戸塚の有力者たちの申し出を歓迎したとつたえられている。東海道が開かれて三年目に、戸塚は宿駅として、幕府から認許されたのだ」

神妙《しんみょう》な顔つきで、与八がいった。

「押し込まれ、殺された豪農のご先祖さまは、戸塚宿が宿駅として指定されるように、名主たちとともに願い出た有力者のひとりだったことが、聞き込みでわかりやした。代々、慈愛深い旦那、と慕われている血筋のお人、だと住人たちが口をそろえていっていましたが」

「善意の塊《かたまり》ともいうべき、慈愛溢《あふ》れる人をも、金を奪うためには躊躇《ちゅうちょ》なく殺す奴ら。許せぬ」

唐突に隼人が発したことばには、憤怒《ふんぬ》の思いが籠《こ》められていた。

怒気の激しさを察して、与八が訊いた。

「旦那、我慢《がまん》比べは、そろそろ終《しま》いですかい」

「そろそろ潮時《しおどき》だろう。手始めに、軽く脅《おど》かしてやるか」

「軽く脅かす？　どうするんで」

「つけてくる奴のところへ、早足ですすむ。ただし、敵が逃げ出しかけたら、そこで動きを止めて、宿へ引き揚げる。十分聞き込んだし、もういいだろう」

「わかりやした」

「行くぞ」

踵《きびす》を返して来た道を大股で隼人が歩き出す。

早足で、与八が歩をすすめた。


道ばたに立つ大木の向こう側に、小走りで遠ざかる薬売りの姿が見えた。

「ここまでだ」

不意に、隼人が足を止めた。

あわてた与八が、早足でやってきた勢いに負けたのか、数歩よろけて踏みとどまった。

隼人を振り向いて、声を上げた。

「今日も、後ろ姿だけか。奴ら、どうしても顔は見せたくないようですね」

「近いうちに顔を見てやるさ。ただし」

「ただし？」

訊いてきた与八に、

「今日は、一瞬だが息を呑《の》む気配がした。奴らの動きも、少しずつ違ってきている。もう一押しだ」

にやり、として隼人が、薬売りが潜《ひそ》んでいた大木に目を注いだ。

三

明石屋へもどり、部屋に足を踏み入れた隼人が目にしたのは、一隅に置いてある二挺の三味線だった。

「借りられたのか」

笑みを向けて、お藤が応じた。

「最初は『ここは家族連れや女子供が泊まる平旅籠《ひら》。宿のなかで弾かれたら、ほかのお客さんの迷惑になる。勘弁してくださいな』と、番頭さんから渋い顔で断られたんだよ。で、あたしは三味線の師匠をやっていて、旦那はお弟子さん。よくふたりで三味線の連奏をやっている。通りの真ん中に出て、ふたりで三味線を弾いたら、宿に泊まっている旅人さんたちの慰《なぐさ》めになるかもしれない、と考えているんだ。頼むから三味線を二挺、借りてきておくれよ、といって、さりげなく一分《ぶ》を、番頭さんの掌《てのひら》に握らせてやったのさ」

横から、与八が茶々を入れた。

「さすがにお藤だ。一分を握らせた後、色っぽい流し目のひとつでも、くれてやったのか。昔取った杵柄《きねづか》。売れっ子芸者だったころ、身につけた手練手管《てれんてくだ》、たいがいの男は、色っぽい目を向けられたら、いうことを聞きたくなる」

睨《にら》みつけて、お藤がいった。

「馬鹿なことをいうんじゃないよ。あたしゃ、そんな安っぽい女じゃないんだ。そんじょそこらの男に、流し目をくれてやるなんて、そんな気はさらさらないよ。そこらの、安っぽい軽業《かるわざ》芸人と一緒にしないでおくれ」

「お〜怖《こわ》。すぐむきになる。これじゃ、軽口《かるぐち》の一つも叩けねえ。くわばら、くわばら」

　与八が、わざとらしく、大げさに首をすくめてみせた。

　呆れ返って、お藤が毒づいた。

「いつまでたっても、大向こう受けを狙う芸人根性が抜けないんだねえ。長生きするよ」

　げんなりして、与八がぼやいた。

「ほんと、可愛くねえなあ。姿形《すがたかたち》は菩薩《ぼさつ》だが、口を開くとなんとやらだぜ。可愛くなれよ、お藤」

「なれないねえ」

　吐き捨てて、お藤がそっぽを向いた。

　苦笑いして、隼人が割って入った。

「そこまでにしろ。夜には、薬売りたちになんらかの動きをさせるための、三味線を使った仕掛けを決行しなければならない。おれたち三人、こころを合わせればできることも、ばらばらでいたら、しくじることになるぞ」

　穏やかな物言いだったが、厳しいものが、その声音に籠もっていた。

　俄《にわ》かに緊迫した面持《おもも》ちのお藤と与八が、無言で大きくうなずいた。

大方の旅人が晩飯を食べ終えたころ、明石屋と田方屋の間を貫く通りの、なかほどに立って、隼人とお藤が三味線を弾いている。傍《かたわ》らに隼人の大小二刀を両手で抱きかかえた与八が控えていた。

隼人たちのまわりには、多数の人だかりができている。

三味線を弾きながら、隼人は周囲の気配を探っていた。

時折、殺気とまではいかないが、憎悪《ぞうお》に満ちた、尖った気を浴びせてくる者がいる。気が発せられた場所を探ろうとすると、弾いている指の動きが緩慢になり、間違いそうになった。

そんなとき、変調に気づいたお藤が、三味線を強めに奏《かな》で、隼人の気持ちを演奏することに引きもどした。

そんなことが何度か、繰り返されている。そのたびに、与八はぐるりに目を走らせた。

悔《くや》しいことに、与八は、隼人が感じているほど、気配を感じ取ることができなかった。

が、やがてお藤が三味線を強めに弾いたときは、隼人が殺気に似た、何らかの気配を感じ取っているときだ、と察するようになった。

そして、ついに見いだした。

尖った気を発している場所は、田方屋と書かれた軒行灯《あんどん》の斜め後ろ、外壁に接したあたりだった。

暗がりに、三人の男が立っていた。

軒行灯の後ろの、暗がりに立っている男たちの顔は判然としなかった。薬売りの格好ではなかった。いずれも小袖を着流している。

そのうちのひとりと、豪農の屋敷近くで逃げ去った、薬売りの躰つきが似ていた。

が、夜の闇が邪魔をして、そうと決めつけるわけにはいかなかった。

もちろん、顔は見えない。

与八は、三人が発する気を感じ取ろうと、全神経を集中した。

結果、殺気に似た、尖った気が三人から発せられていることに気づいた。

隼人とお藤は、三味線を弾き続けている。

小半時（三十分）余りで、隼人とお藤は三味線の連奏を終えた。

終わりの合図がわりに、撥《ばち》で弦を強く弾《はじ》いて会釈《えしやく》したふたりに向かって、拍手が湧き上がった。

隼人が照れくさそうに頭をかく。

さすがにお藤は、拍手されることに慣れているのか、艶然《えんぜん》と微笑《ほほえ》んで、拍手にこたえた。

そんな周りの有様《ありさま》とは、およそ無縁の男がいた。

その男、与八は身じろぎもせず、軒行灯の後ろに立っている三人に目を注いでいる。

人だかりが崩れ、それぞれが泊まっている宿へもどっていった。

田方屋に入って行く泊まり客たちもいた。軒行灯の斜め後ろに立っていた男たちは、そんな客たちに紛《まぎ》れ込んで、いつのまにか姿が見えなくなっていた。

人だかりが散っていったのを見届け、隼人がふたりに声をかけた。

「引き揚げよう」

お藤と与八が、黙然《もくねん》とうなずいた。

四

田方屋の一室で、三人の男が車座《くるまざ》になって話し合っている。

「『江戸で盗みを働いて一稼ぎしたが、南町奉行の大岡越前守は捕物《とりもの》上手と評判の者。手がかりのひとつも残していないと思うが、万が一のこともある。大岡を見張り、探索にかかわりそうな者が現れたら、動きを探《さぐ》れ。ただし、手出しは無用。敵が襲ってきたら、とことん逃げ回れ』とのお頭《かしら》の命令だが、様子からみて、おざなりな探索ぶり。くわえて、今夜の路上での三味線芸の披露《ひろう》。遊び半分で旅に出たような気がする」

首を傾げたのは、薬売りに化け、先駆《さきが》けを務めて隼人たちをつけている、一番年かさの男であった。年の頃は三十半ばと思われる。

「おれも、同じ思いですよ。とくに今夜は腹が立った。お頭と一緒に故郷《くに》にもどった仲間が羨《うらや》ましい」

右隣に座った二十代半ばの男が、呻《うめ》くように応じた。

「おれは、お頭がおそろしい。お頭に逆らって、一味を抜けようとした貞次《さだじ》に、お頭が自ら加えられた処断の有様を思い出すたびに、怖《お》じ気《け》をふるうんだ。事を成就《じょうじゅ》するまでは鬼になる、と一味を結成するときにいわれたが、いまのお頭は鬼以外の何者でもない」

三十そこそこに見える男が、わきから声を上げた。

先駆けの男が、告げる。

「一味を抜けたい。故郷に帰りたい、と懇願する貞次を睨み付けたお頭が『裏切り者』と吠えるや、抜く手も見せず大刀を一閃《せん》し、貞次の左膝下を断《た》ち斬り、さらに右膝下、左腕、右腕と瞬《また》く間に斬り落として、そのまま放置された。激痛に呻き、次第に息も絶え絶えになっていく貞次を見下ろしてお頭は『よく見ておけ。一味を抜けようとした者は、すべてわしが処断する。止《と》めはささぬ。苦しみ抜いて死ぬ。それが裏切り者の行く末《すえ》だ』といって、高笑いされた。怖い人だ」

ことばを切った先駆け役が、年若の男に目を向けて、ことばを重ねた。

「腹立たしいのは、おれも同じだ。今夜は、脳天気《のうてんき》に三味線を弾いている、隠密と思われる旗本に向かって、何度も殺気を発しかけた。必死にこらえたが、憤怒《ふんぬ》の思いだけは抑えきれなかった。紋太《もんた》、お頭の命令を果たすことだけを考えろ。いまのおれたちにできることは、それだけだ」

「繁五郎《しげごろう》さん」

不満げに顔をゆがめた岩松に、横から、三十半ばの男が声をかけた。

「繁五郎さんのいうとおりだ。貞次みたいになりたくなかったら、お頭の命令どおり、動くしかないんだ。わかるな」

「寅吉《とらきち》さん。おれは、どうしたらいいんだ。お頭を信じて、一味に加わったが、いまは、いまは」

声を高ぶらせ、つづくことばを発しようとした紋太を、繁五郎が遮《さえぎ》った。

「紋太、そこまでにしろ。壁に耳あり障子《しょうじ》に目あり、だ。そんなことはあるまいが、どこにお頭が差し向けた、おれたちを見張る仲間が潜んでいるかもしれぬ。口は災いのもとだぞ」

「繁五郎さん」

紋太が繁五郎に目を注いだ。

おもわず周囲を見回した寅吉が、繁五郎に目を向けた。

ふたりの視線を受け止めた繁五郎が、口をへの字に結んだまま、強く顎《あご》を引いた。

明石屋の一室でも、車座になった隼人と与八、お藤が打ち合わせをしていた。

「殺気というほど激しいものではないが、強い憎悪の思いが籠もった気を、何度も感じた。気が散って、三味線をうまく弾けなくなった。間違いそうになるたびに、お藤が助けてくれて、恥をかかずにすんだ。お藤に、いや師匠に礼をいわなければなるまい。この通りだ」

隼人が、頭を下げた。

「端《はな》から素直に頭を下げられたら、文句ひとつ、いえなくなっちゃう。いいですよ。ちゃんと弾けたんですから」

口を挟《はさ》んで、与八がいった。

「お藤が、間違わせないように、何度も旦那を引っ張って弾いていたおかげで、おれは、剣呑《けんのん》な気を旦那が感じ取っていることに気づいたんだ。それが、気配を探ることに集中するきっかけになった」

隼人が訊いた。

「目星がついたのか、気が発せられていたあたりの」

「田方屋と書かれた軒行灯の後ろに、三人の男が立っておりやした。行灯の明かりが届かないところにいたので、顔は分かりません。三人は、田方屋へ入っていく見物人に紛れ込んで、入っていきやした」

「その三人は、田方屋の泊まり客か」

苦笑いして、隼人がつづけた。

「つけてくる奴らに、何らかの行動を起こさせようと考えて、仕組んだことだったが、結句、得られたことは、憤怒の気を浴びせてきても、攻撃を仕掛けてくる気配はない、ということだけだ。またしても、おれの策は外れたか」

お藤が、訊いてきた。

「これからどうします？」

笑みを向けて、隼人が告げた。

「明日、薬売りを見かけたら、ちょっかいをかけてみる」

「ちょっかい」

「何をする気で」

相次いで、お藤と与八が問いかけた。

「喧嘩《けんか》をふっかけるのさ」

にやり、とした隼人に与八が、

「また喧嘩ですかい」

と呆れ返り、お藤が、

「何で、喧嘩なんかを」

眉を顰《ひそ》めて訊いてきた。

「喧嘩をふっかけると、必ず相手は反応する。その反応の仕方で、相手の気持ちを読み取れる。喧嘩隼人、と陰口《かげぐち》を叩かれるほど喧嘩に明け暮れてきたおれだ。喧嘩を仕掛けられたときに、相手がどんな受け答えをするか。その様子で、相手が何をやろうとしているか、わかる。おれにとって喧嘩は、相手を見極める、最も手軽で、確実な手立てなのだ」

いいきって、隼人が不敵な笑みを浮かべた。

五

翌日暁《あかつき》四つ（午前四時）過ぎに明石屋を出た隼人たちは、盗っ人に押し込まれた分限者の屋敷跡がある藤沢宿へ向かった。

戸塚宿の上方よりの出口、上方見附の石標《せきひょう》の前で、隼人が足を止めた。

「ここで分かれよう。藤沢宿では、宿で、日がな一日三味線を弾いたり、酒宴を開いて騒いだりする。つけてくる奴らを攪乱《かくらん》するためだ。飯盛《めしもり》旅籠に、二間つづきの部屋をとっておいてくれ」

「わかりました」

とお藤が応じ、与八が訊いてきた。

「いよいよ始めるんすかい。喧嘩を」

「富塚八幡宮に参詣するように見せかけて、境内《けいだい》に誘い込む。境内なら、喧嘩して暴れても邪魔は入らぬ」

「どこかに潜んで、一部始終を見届けたいような。無理な頼みですかね」

「奴らが逃げたら、徹底的に追いかけまわすつもりだ。おれの動きに合わせて走り回ることになる。半日ほど追いかけっこがつづくかもしれぬぞ」

呆れ返って、与八が応じた。

「そいつは大変だ。願いの筋は、あっしのほうから取り下げさせてらいます。それじゃ、これで」

軽く頭を下げた与八が、隼人に背中を向けたとき、お藤が隼人に声をかけた。

「泊まっている旅籠を知らせる目印は、いつものように、通りに面した二階の廊下の手摺に、手ぬぐいをかけておけばいいんですね」

「そうしてくれ」

こたえた隼人に微笑みで応じたお藤が、

「与八さん、行くよ」

声をかけ、歩き出した。

足を踏み出したまま、動きを止めていた与八が、

「これだ。話が終わるまで待っていてやったのに、さっさと先に行きやがった。ほんと、勝手気ままな女だぜ」

ぼやいた与八が、数歩遅れて歩き始めた。

笑みをたたえて、しばし見送っていた隼人が、踵《きびす》を返した。

富塚八幡宮へ行くには、江戸方見附の方へ少しもどって、途中で左へ折れなければならない。

隼人にしてみれば、当然のことだったが、つけてきている繁五郎には、度肝《どぎも》を抜かれた動きだった。

いきなりもと来た方へ、歩を急にして近寄ってくる隼人に、繁五郎は驚愕の目を剝《む》いて、一瞬、棒立ちとなった。

繁五郎の動揺した気配を、隼人は感じ取っていた。

瞬時に、隼人のなかで、富塚八幡宮へ向かう気持ちは失《う》せていた。

好機到来、とばかりに隼人は全速力で走り、薬売りの出で立ちをしている繁五郎に駆け寄って、一気に隔たりを縮《ちぢ》めた。

一跳《と》びすれば、大刀の刃先が繁五郎に届く間合いに達したとき、隼人が大刀の柄《つか》に手をかけた。

隼人が、跳ぶ。

跳びながら、鞘《さや》ごと大刀を引き抜いた隼人が、繁五郎に向かって、大刀を振り下ろす。

鞘が、繁五郎の肩口に炸裂《さくれつ》したと思われた瞬間、繁五郎は後転して、逃れていた。

隼人が着地する。

わずかに遅れて、繁五郎が数度回転し、着地した。

そのわずかな間を、隼人は活《い》かした。

素早い動きで、繁五郎の前に立っていた。

「武術の心得《こころえ》があるな。なぜつける。返答次第では容赦《ようしゃ》はせぬ」

隼人が、大刀の鯉口《こいぐち》を切った。

繁五郎が唇を強く嚙《か》みしめたとき、走り寄る足音がした。

音が重なり合っている。

ふたりの足音だった。

が、ふたつの足音の大きさが、微妙に違っていた。

(隔たりをおいてつけてきたふたりか。常人の速さではない)

足音に気をとられた隼人の隙《すき》をついて、繁五郎が横に跳んだ。

迅速極まる動きだった。

迫るふたりと、繁五郎の次なる攻撃に備《そな》えて、隼人は町屋の外壁に背中を寄せるべく後退った。

後方からの攻撃を避けるための所作《しよさ》だった。

大刀を腰に差し、柄を握って、居合《いあい》抜きの構えをとる。

が、繁五郎の行動は、予想外のものだった。

隼人を一瞥《べっ》するや、藤沢宿のほうへ走り去っていったのだ。

近づいてきた足音に、隼人が振り向く。

ふたりめの薬売りが、少し遅れて三人めの薬売りが通りを、飛び跳《は》ねるようにして走り抜けていった。

ひとりめの薬売りこと繁五郎の後ろ姿は、とうに見えなくなっていた。ふたりめ、三人めの薬売りも脱兎《だっと》のごとく走り去り、遠ざかっていく。

「身の軽い奴ら。足も並外れて速い。忍びか？　まさか。戦国の世ならともかく、いまのご時世に忍びなど、そんじょそこらにいるはずがない」

薬売りたちが駆け去った方を見据《す》えて、隼人は呆然とした。

第四章　魔風《まかぜ》あだ波

一

薬売りたちの逃げ足の速さは、隼人《はやと》に、

（全力で走っても、とても追いつけぬ）

と端《はな》から、追跡を諦めさせるほどのものであった。

（どうせ、どこかで待っていて、つけてくるに決まっている）

そう判じた隼人は、藤沢宿へ向かって歩を運んだ。

（坂道が多い。旅人泣かせだ）

つづく下り坂に、うんざりしながら歩き続ける隼人の右手に、遊行寺《ゆぎょうじ》の大伽藍《がら》が見えた。

すすむと、台形の土手に建てられた江戸見附の道標が見えてきた。そこから藤沢宿に入る。

藤沢宿で旅籠《はたご》が建ちならんでいる一画は、大久保町《おおくぼまち》と坂戸町《さかどまち》、だと、隼人が江戸で買い求め、持ち歩いている道中記に記してあった。

大鋸町《だいぎりまち》に差しかかると道が右へ左へと曲折する。

大鋸橋を渡って右へ折れると旅籠町のひとつ、大久保町に入る。

神奈川宿と保土ケ谷宿の見附には柵が設けられていたが、藤沢宿には柵が設けられていない。柵は、有事の際の防衛対策の一つとして設置されている、簡易の関所みたいなものであった。

その柵が、藤沢宿の江戸方見附には設けられていなかった。

実際に歩いて、周囲の有様《ありさま》を目《ま》のあたりにした隼人には、藤沢宿の江戸方見附に柵がない理由が推測できた。

短い間隔で、次々と曲がり角にさしかかる。

城に攻め込み、本丸に行き着くためには、突き当たって曲がる、という動きを繰り返さなければならないのだ。

曲がりながらすすんでくるしか術《すべ》のない敵を、曲がり角を曲がったところで待ち伏せして、不意打ちをくらわす。

隼人は、そんな城の道筋と、曲折した道が相次ぐ藤沢宿の江戸口から宿場内に入っていく様子が、構造的に似ていると判じていた。

（構造的に似ている、ということは、道筋の果たす役割も似てくる、ということになるのではないか）

隼人は、そう推断しながら、歩を移していく。

橋の際に高札場《こうさつば》がある大鋸橋を渡って、さらに右へすすみ、引地川《ひきじがわ》の手前で左へ折れた。

戸塚宿で薬売りたちに逃げられた後も、隼人は、

（薬売りたちは必ず現れる。奴らは、おれが盗っ人《ぬすっと》一味を探索するために出かけたことを知っている。戸塚の次にどこへ行くか分かっているはずだ。必ず藤沢宿で待ち受けている。しかし、まだ気配はない）

高札場から十数歩行ったところで、隼人は足を止めた。

しばし首を傾《かし》げる。

うむ、とうなずいて、前方を見据《す》えた。

葉の生《お》い茂る大木が、前方に屹立《きつりつ》している。

顔を動かすことなく、視線を大木の天辺近くへ走らせた。

再び、首を傾げる。

（間違いない。大木の上から、怒気を含んだ気配を感じる。枝に腰をかけて、やってくるおれを見張っていたのか。身の軽い奴らにとって、大木に登るなど朝飯前のことだろう。忍びの技を心得ているとしかおもえぬ。小田原が盗っ人騒ぎの起点。小田原ゆかりの忍びなど、心当たりがない）

次の瞬間……。

胸中でつぶやいた隼人のなかで、閃《ひらめ》くものがあった。

「いや、ある」

思わず口に出した隼人は、無意識のうちに継ぐべきことばを呑《の》み込み、心の底でつづけていた。

（戦国の世、小田原城の城主だった北条氏《ほうじょう》に仕《つか》えた忍びがいる。風魔《ふうま》と呼ばれ、情け知らずの剽悍《ひょうかん》な忍びと怖れられていた一族。その風魔が、生きながらえて秘伝の忍法を脈々と伝えてきていた、というのか）

まさか、そんなこと、あるはずがない、といいかけた隼人の脳裏に、後転して隼人の攻撃から逃れ去った薬売りの姿が浮かんで、弾《はじ》けた。

（風魔の忍び。そうとしかおもえぬ）

心中で呻《うめ》いた隼人は、大木の葉の中に身を隠している者には、気づいていない風を装うために、しゃがんで草鞋《わらじ》の紐《ひも》を結び直した。

立ち上がって、歩き出す。

二軒ほど先の右側にある旅籠の外壁の後ろと、左側の、四軒先にある旅籠の陰から注がれている気配を感じ取りながら、隼人はすすんでいく。

気配を感じ取っている様子を微塵《みじん》も見せることなく、隼人は二軒め、四軒めの旅籠を通り過ぎていく。

坂戸町に入ってすぐ、右手に建つ旅籠の二階の手摺《てすり》に、お藤たちが泊まっていることを知らせる、手ぬぐいがかけてあった。

目印を見いだした隼人は、軒行灯《のきあんどん》に［等々力屋《とどりきや》］との文字が浮かび上がっている旅籠に、周囲に警戒の視線を走らせようともせず、ゆったりとした足取りで入っていく。

そんな隼人を、坂戸町との境から、四軒ほど大久保町側にもどったところにある旅籠の軒下に立った繁五郎《しげごろう》が、身じろぎもせず見つめている

二

「お連れさまがお着きです」

隼人を、与八《よはち》たちが泊まっている部屋へ案内してくれた仲居《なかい》が、廊下から声をかけた。

襖《ふすま》の向こうで立ち上がる気配がして、足音が近寄ってきた。

「早かったですね」

声と同時に、襖が開けられた。

笑《え》みをたたえた、与八が立っていた。

「また外れた」

応じた隼人に、立ち去ろうとして、仲居が浅く腰をかがめた。

気づいた隼人が、仲居に会釈《えしやく》する。

仲居が踵《きびす》を返した。

歩き去ったのを見届けた与八が、にやりとして、躰《からだ》を襖の脇に寄せた。

「見込みが外れた顚末《てんまつ》を、くわしく話してもらいたいもので」

「外れたが、おおいに収穫はあったぞ」

にたり、と得意げな笑みをうかべて、隼人が足を踏み入れた。

隼人と与八、お藤《ふじ》が車座になって話している。

斬りかかった隼人の太刀《たち》先を、後転して薬売りが逃れたこと、駆け寄る足音に気をとられた隙《すき》をついて、薬売りが藤沢のほうへ逃げ去ったこと、近づいてきた薬売りふたりが、居合いの構えで待つ隼人を避けるように、向かい側に建つ町屋の軒下を飛び跳ねるようにして走り逃げ去ったこと、三人とも忍びの者ではないか、と疑念を抱いたほどの身の軽さ、素早さだったことなどを、隼人が話しつづけた。

与八が口をはさむ。

「旦那が、また外れた、といいなすったが、外れた、というのは、喧嘩を売ったのに、相手がのってこなかった。そういうことですかい」

「そうだ。薬売りたちは逃げの一手で、おれとやりあう気はなかった。動きからみて、それなりに武術の修行も積んでいるのに、戦おうとしない。誰かに止められているのではないか。そんな気がする」

応じた隼人に、さらに与八が問いかけた。

「誰かに、どんなことがあっても戦うな、と命じられている、と推測できたのが収穫ですかい」

期待外れの話だった、といわんばかりの与八の物言いだった。

お藤が割って入った。

「与八さんお得意の、早とちりだよ。旦那の話はまだ終わってない。最後までお聞きよ」

眉をひそめて、与八がぼやいた。

「何いってんだよ。念を押して訊《き》いただけだろう。いちいち咎《とが》めるなよ、面倒くせえ」

大仰《おおぎよう》に溜息《ためいき》をついて、そっぽを向いた。

苦笑いして、ふたりのやりとりを眺めていた隼人が口を開いた。

「収穫は、薬売りたちが忍びの技を身につけた者だと、判じられる事象に出くわしたことだ」

「ほんとですかい」

「忍びの技を」

相次いで、与八とお藤が声を高めた。

「奴らは、先回りして、おれがやってくるのを待ち受けていた」

隼人は、藤沢宿の大鋸橋を渡って、少し行ったところにある、大木の頂《いただき》近くから注《そそ》がれる強い視線を感じたこと、その先の曲がり角に建つ二軒の旅籠の陰に潜《ひそ》んでいるふたりの気配を感じたことなどを話した後、

「戦国のころ、小田原城を居城とする北条一族と密接な関わりがあった、風魔と呼ばれる忍びの一団が存在した。盗っ人一味が、最初に盗みを働いたのは小田原宿だ。考え過ぎかもしれぬが、小田原に此《こ》度《たび》の盗っ人騒ぎの重要な手がかりが転がっているような気がする」

苦笑いをして、隼人がつづけた。

「もっとも、すべておれの思い込みにすぎないかもしれぬがな」

お藤が声を上げた。

「あたしたちは薬売りの格好をした男三人に、しつこくつけ回されている。三人は忍びの技を身につけている様子。おそらく三人を引き離すことは、難しいでしょう。三人をまく手立てを考えないといけませんね」

「いい手があるかな」

独《ひと》り言《ご》ちて、与八が首を傾げる。

ふたりに視線を流して、隼人が告げた。

「おれは、藤沢宿では何ひとつ探索しない。数日、ここに泊まり込んで、三味線《しやみ》を弾いたり、寺見物をしたりして過ごすつもりだ」

「探索しない？」

「それじゃ役目が果たせないじゃないですか」

驚いたお藤と与八が、声を高めた。

「藤沢宿で盗っ人一味に押し込まれた寺の坊主は、名目《めいもく》金貸付といわれる、寺社に認許されている高利貸しをやっていた。十日で一割の利息をとっていたこともあった、と大岡様から見せてもらった調べ書に書いてあった。坊主とは名ばかり、川崎宿で押し込まれた町医者同様、強欲《ごうよく》な奴だったのだろう。聞き込みをかけても、悪い話しか聞こえてこないだろうよ」

「そうでしょうね。世の中には、正業についているように見えても、実体は極悪人よりも浅ましい連中が、掃いて捨てるほどいますからね」

実感のこもった、与八の物言いだった。

同感の思いを籠《こ》めてうなずいたお藤が、隼人を見やって問いかける。

「で、あたしは何をやればいいんで」

「明日、お藤は昼間のうちに宿の番頭にでも頼んで、三味線を二挺、借りておいてくれ」

応じた隼人に、再び、お藤が訊いてきた。

「三味線の手配がすんだ後は？」

「藤沢宿をぶらついたりしてくれ。薬売りたちのひとりは、お藤をつけ回すことになる」

ことばを切った隼人が、お藤から与八へと視線を流して、ことばを重ねた。

「与八は、おれに付き合ってくれ。藤沢の寺社回りでもしよう。源義経《みなもとのよしつね》ゆかりの神社もあるそうだ。おれたちが、昼間は物見遊山《ものみゆさん》の旅同様の動きをして、夜は夜で三味線を弾《ひ》き、酒宴を楽しんでいたら、薬売りたちはどう思うだろう。呆れ返って、自分たちが置かれた立場を、腹立たしく思うはずだ」

「薬売りたちが焦《じ》れてきて、動き出すまで待つわけですね。動かなければ、どうします」

訊いてきた与八に隼人がこたえた。

「薬売りたちをさんざん焦らして、薬売りたちがだらけてきたら、こちらから動くさ。おれたちと薬売りの根比《こん》べの始まりだ」

隼人のことばに、与八とお藤が緊張した面持《おもも》ちで、大きくうなずいた。

三

昼過ぎに等々力屋を出た隼人と与八は、ゆったりとした足取りで歩いていく。

向かい側の、隣り合う旅籠の間の通り抜けから出てきた寅吉《とらきち》と紋太《もんた》が、気づかれないほどの隔《へだ》たりをおいてつけていった。

通り抜けから顔をのぞかせて、ふたりを見送った繁五郎が、視線を等々力屋へ移した。

歩きながら隼人が与八に話しかける。

「つけてきた。ふたりの足音だ。いままで先頭をつとめていた薬売りは、おれから顔を見られている。それで、つける順番を変えたのだろう」

「残るひとりは、お藤を見張っているわけか。よほど、おれたちのことが気になっているんですね」

応じた与八に隼人が告げた。

「ただの盗っ人一味ではないような気がする。盗みで荒稼ぎをした金を、何につかうつもりなのか。いままで盗み取った金は、数万両に及んでいるかもしれない。家人らが皆殺しされ、屋敷も焼かれている。盗み出された金高《かねだか》がどれほどか、わからぬ。ただ」

「ただ、何です」

訊いてきた与八に隼人がこたえた。

「一月《ひとつき》ほど荒らし回った江戸で、他国者らしい者が豪遊した、という噂は何一つ聞こえてこなかった。おそらく盗っ人のお頭《かしら》は、分け前を渡さなかったのか、それとも、一味には何らかの目的があって、そのために金が必要で、貯《た》め込んでいるのだろう」

「目的か。どんなことか、あっしには見当もつかねえ」

「それを探り出すのが、おれたちの役目だ。少し足を速めるぞ」

声をかけて、隼人が早足になった。

与八がならった。

隼人と与八は、義経の首を洗った井戸、と言い伝えのある［義経首洗い井戸］のそばに立っている。

兄・源頼朝《よりとも》と対立した源義経は、逃れた奥州平泉《おうしゅうひらいずみ》の地で、自刃《じじん》して果てた。義経の首を届けたのは、頼朝の威勢を怖れ、義経主従に不意打ちをかけて、襲った藤原一族の使者・新田高平《にったたかひら》だった。

塩漬けにされていたが、すでに腐敗していた義経と弁慶《べんけい》の首は、梶原景時《かじわらかげとき》と和田《わだ》義盛《よしもり》によって検《あらた》められた後、腰越《こしごえ》の浜から海に捨てられた。

潮の流れによって運ばれたふたりの首は、境川《さかい》に流れ込み、岸辺に打ち上げられた。

不憫《ふびん》におもった里人《さとびと》が、ふたりの首を拾い洗った井戸が、ふたりの目の前にある。

井戸の中をのぞき込んで、与八が独り言ちた。

「この井戸、あまり深くないな」

隼人が声をかける。

「汲《く》み上げた水で首を洗ったのだろう。深くなくとも、水は汲み上げられる」

苦笑いして、与八が応じた。

「たしかに。埒《らち》もないことをいっちまった」

「北へ少し行ったところに、義経公を祀《まつ》った白旗《しらはた》神社がある。武芸と芸能、学問についての御利益《りやく》があるそうだ。学問はともかく、おれは、武芸と芸能の達者になるための、御利益が欲しい。参拝するぞ」

足を踏み出した隼人に、

「御利益欲しさに神様を拝む。浅ましい考えですね。あ～、厭《いや》だ厭だ」

軽口を叩きながら、与八も歩きだした。


近くにある林の端に立つ、義経首洗い井戸を望める二本の木の後ろに寅吉と紋太が身を隠している。

「『おれは顔を見られたから、今日から、寅吉と紋太、ふたりで旗本をつけてくれ。おれは、女を見張る』と繁五郎さんから指図《さしず》されたのでつけているが、今日の奴らをつける必要があるのかな。まるで物見遊山の歩きぶりだ」

ぼやいた寅吉に紋太がいった。

「昨日までとは、まるっきり違っている。おれたちが押し込んで焼いた寺へ行くかとおもっていたら、わけのわからない古びた井戸のそばで、のんびりと立ち話している。探索なんか、忘れてしまったような、そんな感じに見える」

じっと隼人たちを見つめたまま、寅吉が告げた。

「歩き始めた。つけるぞ」

木の陰から出て、歩き始める。

「次はどこへ行くのかな」

ぼやきながら、紋太が寅吉についていった。


隼人と与八は、白旗神社の大きな鳥居をくぐった。

石段には、源氏の家紋《かもん》である、笹竜胆《ささりんどう》の紋が染め上げられた白旗が掲げられている。

石段を登りきったふたりは、拝殿《はいでん》の前に立ち、手を合わせて祈った。

祈り終えて、ゆっくりと振り向いた隼人が、与八に声をかけた。

「弁慶の首を祀った八王子《はちおうじ》社《しゃ》も近くにある。足を伸ばそう」

「義経公を拝んで、家来とはいえ、名高い剛の者・弁慶を参拝しないなんて、そんな不公平なことはできませんよ。行きましょう」

乗り気になったのか、与八が先に歩き出した。

微笑《ほほえ》みを向けて、隼人がつづいた。

弁慶を祀る八王子社の前で、隼人と与八が柏手《かしわで》をうっている。近くに立つ、大木の後ろに身を隠した寅吉と紋太が、うんざりした顔着きで溜息をついた。

顔を見合わせる。

紋太がつぶやいた。

「ほんとにのんびりしている。探索する気が失《う》せてしまった、としかおもえない。繁五郎さんから『旗本は腕が立つ。用心に用心を重ねて、いつもより隔たりを長くしてつけていけ』といわれたけど、ほんとに強いのかな。どう思います、寅吉さん」

「旗本の奴と戦った繁五郎さんがいったことだ。ほんとうに強いのだろう。繁五郎さんの指図どおり、つけて、見張ることだけを考えよう」

苦虫を嚙《か》み潰したような顔をして、寅吉がいった。

「まだ、どこかへ出かけるようですよ。笑いながら、何か話している。腹が立ってきた。こっちが真剣に追いかけ回しているのが、馬鹿みたいだ」

「その通りだ。戸塚宿の通りで、女と旗本が一緒に三味線を弾いているのを見てから、やる気がなくなった。しかし、お頭の命令だ。従わなかったら、繁五郎さんはじめ、おれたちの命が危うくなる。つけまわすしかない」

半《なか》ば諦めたような寅吉の口ぶりだった。

ふたりは、遠ざかる隼人と与八をつけるために、大木の後ろから姿を現し、歩き始めた。

四

その日の夜、等々力屋の前の通りには、人だかりができていた。

人の輪のなかから、連奏する三味線の音色が聞こえてくる。

弾いているのは、隼人とお藤であった。ふたりの傍《かたわ》らに、隼人の大小二刀を抱えた与八が立っている。

戸塚宿と同じ景色が、繰り広げられていた。

等々力屋の真向かいの旅籠の、通り側の外壁に身を寄せて、繁五郎と寅吉、紋太が人だかりを見つめている。

繁五郎が忌々《いまいま》しげに呻いた。

「戸塚宿につづいて、今夜も人前で三味線を弾いている。いい気なものだ。おれたちからは仕掛けてこない、と見抜いて、やりたい放題だ」

わきから寅吉が同調した。

「奴らには、押込みの探索をする気がないような気がする。今日は、源義経ゆかりの場所を歩き回っていた。物見遊山の旅にきたとしかおもえない」

「少し襲いかかる気配を見せたほうがいいんじゃないかと。おれたちがつけていることは百も承知の上で、やっていることだ。あちこち引き回されている。これ以上、なめられるのは御免《ごめん》だ」

おもわず声を荒らげた紋太を、繁五郎が睨《にら》みつける。

「声が大きい。万が一、奴らの耳に届いて大事《おおごと》になったら、どうする。お頭のお指図に背《そむ》いた者、として咎められ、厳しい仕置《しおき》を受けることになるぞ」

「なぜ紋太のことを止めなかった、とお頭はおれや繁五郎さんも咎めるかもしれない。おまえの短慮のせいで、お頭から処断されるのは迷惑だ」

冷《さ》めた目で紋太を見据えて、寅吉が告げた。

「そんな、繁五郎さんや寅吉さんに迷惑を掛けるなんてことは、決してしません。

申し訳ありません」

消え入るような声でいい、うつむいた。

そのとき……。

「終わった」

と、寅吉の声が上がった。

繁五郎と紋太が、人だかりのほうを見やる。

人だかりの一画が崩れて、三味線を抱え、笑みを滲《にじ》ませながら、隼人を先頭にお藤、与八が出てくる。

等々力屋へ入っていく隼人たちを、繁五郎たちが、敵意に満ちた目で見据えている。

借りていた三味線を帳場に返し、部屋にもどってきた三人が、車座になって話している。

隼人が口を開いた。

「殺気とまではいかないが、奴らの苛立《いらだ》った気配は感じた。おもったとおり、奴らはお頭から、つけて見張るだけにしろ、と命じられているに違いない」

「あっしも、怒気を含んだ気配を感じました。奴らは通りをはさんで向こう側の旅籠に泊まっているようですね。旅籠の前あたりに立っていた。そんな気がします」

応じた与八に、お藤が軽口を叩いた。

「与八親分、気配を感じるなんて、凄いじゃないか。あたしゃ、旦那が間違いそうになるので、ごまかすのに必死だったよ」

申し訳なさそうに隼人が頭をかいた。

「すまぬ。気配を探るほうに気をとられると、弾くのがおろそかになる。お藤が三味線を強く弾いてくれたおかげで間違わずにすんだ。これからもあることだ、よろしく頼む」

ぺこり、と頭を下げた。

呆れたお藤が、苦笑いしていった。

「何だよ。本気で謝っているとはおもえない頭の下げ方だね。わかりました。いいですよ。これからも間違いそうになったら、助けてあげますよ、何度でもね」

ふん、と鼻を鳴らして、そっぽを向いた。

ちらり、お藤に走らせた視線を、隼人にもどして、与八が訊いた。

「で、旦那、これからどうするつもりで」

うむ、うなずいて、隼人が告げた。

「こちらが仕掛けても、奴らは逃げの一手で、尻尾《しっぽ》をつかませない。相手にするだけ、時間の無駄だ。おれは事件の根っこは小田原にある、と判じている。で、ひとつの策をおもいついた」

お藤が身を乗り出した。

「どんな策ですか」

「明日は朝から大忙しになるぞ。策のなかみだが」

ことばのひとつも聞き漏《も》らすまいと、お藤と与八が、身じろぎもせず耳を傾けている。

翌日明六つ（午前六時）、等々力屋の前には、雇われた一挺の駕籠《かご》が置かれていた。傍らに駕籠舁《か》きふたりが、控えている。

等々力屋から隼人たちが出てきた。

お藤が駕籠に乗り込む。

駕籠舁きたちが駕籠を担《かつ》ぎあげ、動き出した。

しばし見送っていた隼人と与八が、うなずき合って、駕籠とは逆の方向へ歩き出す。

通りの向かい側にある、旅籠の間の通り抜けに潜んでいた繁五郎が、隼人たちが立ち去った後、間を置かずに出てきて、早足で駕籠を追っていった。

つづけて通り抜けから現れた寅吉と紋太が、隼人たちをつけていく。

五

暮六つ（午後六時）過ぎ、お藤の乗った駕籠が、等々力屋にもどってきた。置かれた駕籠から降り立ったお藤が、等々力屋へ入っていく。

駕籠舁きが、駕籠を担ぎ上げ、やってきたほうへ帰って行った。

行き交った駕籠を見向きもせず、つけてきた繁五郎が足を止めたまま、じっと等々力屋を見つめている。

その日の夜、泊まっている旅籠の部屋で、繁五郎たちが顔を寄せ合い、話し合っている。

眉間《みけん》に縦皺《じわ》を寄せ、寅吉が声を高ぶらせた。

「旗本たちは、遊行寺のなかにある、小栗堂《おぐりどう》とも呼ばれる長生院《ちょうしょういん》に見に行った。小栗判官《はんがん》と照手《てるて》姫《ひめ》の物語を描いた、浄瑠璃《じょうるり》や歌舞伎《かぶき》で評判を高めた演目の、舞台になった場所だ、と立ち寄った旅人たちに、案内役の坊主が話していた」

悔しげに紋太がいい添える。

「今日は、ひどかった。旗本と町人がわざと立ち止まり、おれたちのいるほうをしげしげと眺めて、笑っていた。怒りを抑えるのに疲れました。ふたりは遊行寺を出た後、どこにも寄らず等々力屋へ帰り、それから出てきません」

「何を考えているのか、わからん」

首をひねった繁五郎が、顔をふたりに向けてつづけた。

「女のほうも似たようなものだ。仕立てた駕籠に乗って、駕籠ごと船で江の島へ渡った女は、まず最初に釣り船を持っている旅籠を訪ねていき、小半時ほどして出てきた。引き揚げるかとおもったら、駕籠を旅籠の前に待たせたまま、ひとりで江島《えのしま》神社の奥宮《おくみや》へ向かった」

繁五郎は、お藤が芸能の神様である江島弁財天《べんざいてん》へ詣《もう》でた後、島内を見物し、旅籠へもどり、駕籠に乗り込んだ、と話した後、首をひねって、つぶやいた。

「何のために、女が江の島へ行ったのか、読めぬ。旗本たちは、江の島の旅籠に移るつもりでいる、としか考えられない。あまりの手がかりのなさに、探索をすすめる気がなくなった。探索したふりをして旅をつづける。そう考えを変えたのかもしれない」

寅吉と紋太が、釈然《しやくぜん》としない表情で繁五郎を見つめている。

苦笑いした繁五郎が、ふたりを見つめた。

「明日、旗本たちがどんな動きをするか。その動き次第で、何をやろうとしているか、少しずつわかってくるだろう。お頭のお指図どおり、旗本たちの見張りをつづけるしかない」

自分に言い聞かせているような、繁五郎のことばだった。

ふたりが、黙然《もくねん》と顎《あご》を引いた。

翌朝、五つ（午前八時）に、隼人と与八が等々力屋から出てきた。それぞれ風呂敷包みをひとつ、左手に提《さ》げている。

お藤の姿はなかった。

昨日、お藤を乗せた駕籠が向かった道筋、江島道をすすんでいった。つけるのに、ほどよい隔たりと判じたのか、通りの向かい側にある通り抜けから、寅吉と紋太が姿を現した。

見え隠れにつけていく。

通り抜けの出入口まで出てきた繁五郎が、遠ざかる寅吉たちを見送った後、等々力屋の表に目を移した。

首を傾げた繁五郎が、踵を返し、再び通り抜けに入っていった。


大きな鳥居の先に、江の島が見える。

江の島と片瀬《かたせ》の浜の間は、新月や満月のころの、大潮《おおしお》の干潮《かんちょう》のときには、波が引いて砂浜が露出し、歩いて渡ることができる。

が、それ以外のときは渡し船に乗るか、肩貸し人足《にんそく》の肩に乗せてもらって、江の島へ渡るしかなかった。

等々力屋の主人に一両の謝礼金を渡して、江の島へ釣りにきた人たちが泊まる釣り客相手の旅籠の主人に、書状を持参した人に釣り船の手配をしてほしい、と書いてもらった。

昨日、その書状をお藤に託して旅籠に行かせ、すでに段取りはついている。ぐるりを見渡した視線の先に、もはや姿を隠そうともしない薬売りふたりが立っていた。

「六郷の渡しと同じだ。船に乗らないと、おれたちを見失うことになる。奴らは、ついに顔をさらさなければならない状況に追い込まれた。さて、どんな手を打ってくるか楽しみだな」

悪さを仕掛けた時の悪ガキのような顔をした隼人が、にやり、と笑った。その目は、薬売りたちに注がれている。

「同じおもいで」

皮肉な薄ら笑いを浮かべた与八が、正対するように躰の向きを変え、薬売りたちを鋭く見据えた。

第五章　疑念渦巻く

一

隼人《はやと》と与八《よはち》は、渡し船に乗り込み、舳先《へさき》近くに座った。

船頭が、

「船が出るぞ～」

と呼びかける。

乗船すべきかどうか、躊躇《ちゅうちょ》していた薬売りふたりが、あわてて渡し船に駆け寄り、飛び乗った。

艫《とも》の空《あ》いていた場所に、隼人たちに背中を向けて座り込む。顔を隠すための動きだった。

(六郷の渡しのときと、同じことが繰り返されている。お頭《かしら》の指図《さしず》を頑《かたく》なに守ろ

うとしている様子が見え見えだ。鉄の規律を強いる、怖いお頭なのだろう）

　胸中でつぶやき。隼人は薬売りたちのお頭について思案しつづけた。

　脳裏《のうり》に、高く飛んで上段から斬りかかった隼人の太刀《たち》先を、後転して逃れた年かさの薬売りの姿が浮かんだ。

（あ奴の身のこなし、なまなかな修行で身についたものではない。いざ、斬り合うとなると、簡単には倒せぬ相手。反撃してこないのには、それなりのわけがあるはずだ。それなりのわけか）

　思案した隼人は、ひとつのこたえに行き当たった。

（お頭は、類《たぐ》い稀《まれ》な武術の遣《つか》い手に違いない。逆らった手下は容赦《ようしゃ》なく殺す、冷酷無残な奴。それゆえ、手下たちは、どんなことがあっても、お頭の指図にはしたがいつづけるしかないのだ）

　重ねる隼人の思案を断《た》ち切ったのは、与八の一言だった。

「旦那、江の島に着きますぜ」

「おもったより、早かったな」

　苦笑いして、与八がいった。

「あいつらが船に飛び乗ったときから、難しい顔をして、急に黙り込んで。どうしたんです、いったい」

「ちょっと、考え事をしていたんだ。気にするな」

わざとそっけなくこたえたとき、渡し船が、江の島の船着場に接舷《せつげん》した。

乗客たちが次々と降りていく。

隼人と与八は、薬売りたちを見つめたまま、動かない。

薬売りたちは、ほかの乗客の一群に紛《まぎ》れ込み、隠れるようにして、船着場に降りていった。

見届けた隼人は立ち上がりながら、大刀の鯉口《こいぐち》を切った。

気づいた与八が、

「用心のいいことで」

と揶揄《やゆ》するように、小声で話しかけてきた。

「転ばぬ先の杖、という諺《ことわざ》にしたがっただけのことだ。忍びもどきの奴ら、用心するにこしたことはない」

気楽な口調だったが、隼人は警戒の視線をぐるりに走らせていた。

最後に船着場に降り立ったふたりは、釣り船の手配をしてくれることになっている旅籠《はたご》へ向かって、歩をすすめた。

等々力屋《とどりきや》の主人が仲立ちしてくれたのは、［浅葉屋《あさばや》］という旅籠だった。

お藤《ふじ》の手配りは、抜かりがなかった。

浅葉屋に足を踏み入れた隼人たちに気づいて、近寄ってきた番頭に、お藤の名を告げると、

「手配はすべて終わっております。夜釣りをやりたいとのお話も伺っていますので、釣り船の船頭も、そのことは承知しています。まずは昼ご飯を食べてください。今朝獲《と》れたばかりの、うまい魚を使った料理を堪能《たんのう》してくださいませ」

揉《も》み手しながら、愛想《あいそ》笑いを浮かべて応じてくれた。


魚づくしの豪勢な昼飯を食べた後、それぞれ風呂敷包みを手にした、隼人と与八は、番頭の案内で、手配してくれた釣船の接岸している場所へ向かった。

道すがら番頭がいった。

「浅葉屋は一の鳥居を背にして、右手に広がる漁師町の漁師たちと手を組んで、釣り船の商いをしているんです。夜釣りをしたいというお話だったので、腕のいい漁師を手配しておきました」

「心遣い、ありがたい」

素直に礼をいった隼人に、

「そういっていただくと、私どももやりがいがあります」

笑《え》みをたたえて、番頭が応じた。

海辺に係留《けいりゅう》されている漁船に隼人と与八が乗り込んだ。

巧みに櫓《ろ》を操って、漁師が漁船を沖へ漕《こ》ぎ出していく。

浜辺近くに立つ漁師小屋から大木の後ろに、寅吉と紋太が身を潜《ひそ》めている。

「もどってくるまで、待つしかあるまい。夕方まで江の島を一回りしてみるか」

声をかけてきた寅吉《とらきち》に、

「いいですね」

応じて紋太《もんた》が、満面を笑み崩した。

二

山陰に沈みかけた日輪《にちりん》の残光が、海原《うなばら》をまだらに彩っている。

寅吉と紋太は、漁師小屋の前に立っていた。

首を傾《かし》げて、寅吉がいった。

「なぜだ。ほかの釣り船は、とっくに寄港したのに、あいつらの乗った船だけもどってこない。何をしているんだろう」

「ほかの船より沖へ行きました。端《はな》から、夜釣りをするつもりだったかもしれないですね」

紋太のことばに、

「夜釣りか」

つぶやいて、寅吉が黙り込んだ。

しばしの間があった。

うむ、とうなずいて寅吉がつづけた。

「女が宿にとどまっているかどうか、たしかめてみるか。とどまっていたら、いずれ奴らはもどってくる、夜釣りをしているに違いない、ということが推測できる」

「おれが江の島に残って、奴らの乗った船がもどってくるまで見張ります。寅吉さんは宿にもどって、繁五郎《しげごろう》さんに、今日の女の動きを訊《き》いてみたらどうですか」

「そうするか。夜を徹しての張り込みになるかもしれない。ひとりでは仮眠もとれないし、大変だぞ」

「気にしないでください」

微笑《ほほえ》んだ紋太に、

「悪いが、引き揚げさせてもらう。明日の朝もどってくる」

声をかけて、寅吉が踵《きびす》を返した。

無言で、紋太がうなずいた。

宿にもどった寅吉と繁五郎が、部屋で向かい合っている。

「今日は、女は宿から一度も出てこなかった。もっとも表しか見張っていない。裏口から出かけたかもしれない。小田原宿の場合、飯盛《めしもり》女がいる旅籠では、女が裏口から出入りするのを禁じている。飯盛女が足抜けするのを防ぐためだ。もっとも、藤沢宿の飯盛旅籠が、小田原宿と同じとはかぎらないが、似たようなものだろう。宿に泊まっている女が、裏口から出かける。そんなことは、まずないと思う」

どこか歯切れの悪い繁五郎の物言いだった。

寅吉が訊いた。

「藤沢宿は大山詣《おおやまもう》でをする旅人と、大山を詣でた後、精進落《しょうじん》としのためにやってくる者、江の島を詣でるために行き来する者たちが集まる宿場。飯盛女にたいする飯盛旅籠の締め付けは、小田原宿より厳しいとおもいますが。どうでしょうか」

「明日にでも、びた銭《せん》を渡せば、口が軽くなりそうな男衆《おとこしゅう》をみつけて聞き込んでみよう」

ことばを切った繁五郎が、寅吉を見つめてことばを継いだ。

「明日、旗本たちが江の島の漁港にもどってくれば、いままでと同じ動きをつづける。もし、もどってこなければ、違ったやり方を考えなきゃいけない」

「どんなことをやるつもりで」

訊いてきた寅吉に繁五郎が告げた。

「旗本たちがもどってこない、ということは、つけてきたおれたちをまくために、釣りを装って、漁船に乗ったと断じるべきだろう。船頭は、必ずもどってくる。船頭に声をかけ、まずはびた銭をくれてやって、旗本たちを下船させた場所を聞き出す」

「その後は、どうするんで」

「まかれたことをお頭に知らせる。紋太は、三人のなかでは一番足が早い。紋太に伝達役を命じるつもりだ」

「繁五郎さんとおれは、女を見張りつづける。そういうことですね」

訊いてきた寅吉に、繁五郎が黙然《もくねん》とうなずいた。

三

翌日暁七つ（午前四時）過ぎに、寅吉は藤沢宿の旅籠を出た。

江の島に着いた寅吉と入れ替わりに、紋太は、宿へもどっていった。

すでに、海原のあちこちに、漁に出た漁船が浮かんでいる。

夜釣りを終えた、隼人たちが乗った漁船が、いつもどってきてもおかしくない刻限であった。

漁師小屋近くの岩場に腰を下ろした寅吉は、隼人たちの姿を求めて、海原に目を注《そそ》いだ。

時だけが、過ぎ去っていく。

払暁《ふつぎょう》に海へ出たと思われる漁船が、浜にもどってくる刻限になっても、隼人たちを乗せていた船は、もどってこなかった。

寅吉は、隼人たちが乗り込んだ船の船頭の顔は、しっかり瞼《まぶた》に焼きつけている。

昼時になった。

寅吉は、宿で作ってもらい持ってきた、握り飯ふたつと沢庵《たくあん》二切れを包んだ竹皮の包みを懐《ふところ》から取り出した。

岩場に置き、竹皮を開き、握り飯を手にとった。


昼飯を食べ終わって一刻（二時間）ほど過ぎたころ、見覚えのある船頭が櫓を漕ぐ船がもどってきた。

立ち上がった寅吉が、目をこらす。

船には、船頭ひとりしか乗っていなかった。

（間違いない。あの船頭だ。しかし、誰も乗っていない。奴らは、どこかで降りたのだ。逃げられた）

半《なか》ば予測していたことではあったが、目《ま》の当たりにすると、焦《あせ》った。

飛ぶようにして岩場を走った寅吉は、船が近づいていく浜辺へ向かった。

浜辺に漁船を押し上げて、汗を拭《ぬぐ》った船頭に寅吉が話しかけた。

「訊きたいことがあるんだが」

「おまえさんは、どこのどなたで」

露骨《ろこつ》に警戒の色を浮かせた船頭に、懐《ふところ》から巾着《きんちゃく》を取り出しながら近寄った寅吉が、抜き出した一文《もん》を船頭の目の前に突き出した。

「この銭《ぜに》は、なんのつもり？」

船頭の手を摑《つか》み、強引に掌《てのひら》に一文を押し込んで、寅吉が口を開いた。

「この銭で、何も訊かずに、おれの訊いたことにこたえてもらいてえ。何かと訳《わけ》ありなんだ。わかってくれよ」

ぎろり、と目を剝《む》いて、凄《すご》みをきかせて睨《にら》み付けた。

困惑を露《あら》わにして顔を背《そむ》けた船頭が、小声でいった。

「おいらが知っていることなら、何でも話しますよ」

「昨日、おまえさんが船に乗せた浪人と町人を、どこで下ろしたか知りたいんだ」

軽く息を吐いて、船頭がうつむいた。

「おふたりとも、船酔いで気分が悪くなられて『下ろしてくれ。一休みしたい。土地不案内の身、できれば宿を手配して、医者の手配などしてくれ』と言い出されて、大磯《おおいそ》で陸《おか》に上がり、宿を手配したり、医者を呼んだり、看病したりで、大変でした。だいぶ気分がよくなられたし『陸路で帰る』と言われたので、おいらは引き揚げてきました」

「大磯で降りたのか」

応じながら、寅吉は胸中でつぶやいていた。

(大磯では、網元の屋敷に押し込んだ。奴らは、端から大磯を探索するつもりで、釣りに行くふりをして、船に乗り込んだんだ。いまごろ聞き込みにまわっているはず)

寅吉は、笑みを浮かべた。

「話してくれてありがとうよ。これでおさらばだ」

言うなり、船頭に背中を向けた。

歩き去る寅吉をしばし見つめていた船頭が、懐から巾着を取り出した。開いてのぞき込む。

なかに、びた銭数枚に混じって、小判が一枚、入っていた。

小判を抜き出し、開いた掌に置き、押し込まれたままの一文と見比べる。

にんまりして、船頭がつぶやいた。

「ご浪人さんのいうとおりだったぜ。一両と一文じゃ、値打ちが違いすぎる。旦《だん》那《な》、いわれた通りに答えておきましたよ」

一両と一文を、巾着に突っ込んで、ほくほく顔で懐にしまい込んだ。

四

隼人と与八は、東海道を小田原宿へ向かって歩を運んでいた。

与八が話しかけてきた。

「あの船頭、旦那から頼まれたとおり、大磯で船を下りた、といってくれるでしょうかね」

「いってくれるさ。国府津《こうづ》の浜に降りたって、宿を探して、一晩一緒に泊まって、軽くだが酒も酌《く》み交《か》わした。翌日のことを考えて、船頭は酒を控えめに呑《の》んでいた。おれがみるかぎり、約束は守る男だと思う」

応じた隼人に、与八がいった。

「金に目がくらむってこともありますぜ」

「あるだろうな、一両、渡したとき、嬉しさを隠そうとしなかった。誰でも金は欲しい。おれが、約束は守る、と断言できる理由はもうひとつ。薬売りたちが、船頭に一両以上の金を渡すなど、あり得ないとおもうからだ」

「たしかに」

「もっとも、降り立ったのは国府津だ、と話してもかまわない。薬売りたちはまだ藤沢宿にいる。おれたちは、小田原宿の入り口近くを歩いている。かなりの健脚でも、追いつくのは難しいだろうよ」

「お藤が奴らを足止めするために、藤沢宿に残っていますからね。追いかけてくるとしても、早くても二、三日後でしょう」

「少なくとも、明日一日は様子をみるだろう。おれたちが、等々力屋にもどってこない、と判断するまで数日かかるかもしれない。数日あれば、小田原宿で何か異変が起きていたら、噂のひとつぐらい拾えるだろう。何はともあれ、奴らの辛《しん》気《き》くさい顔を見なくてすむだけ気分がいい」

「あっしも、同じで」

笑みを浮かべた与八に、隼人が告げた。

「まもなく小田原宿の江戸口見附だ。番所で役人に咎《とが》められたら、十手《じって》をひけらかして、江戸を荒らした盗《ぬす》っ人《と》一味を追っての旅でございます、と大岡様の名を出して、切り抜けてくれ。おれのことは、捕物《とりもの》を手伝ってくれている旗本、とその程度のことは話してもいいだろう」

「わかりやした。せいぜい十手をひけらかします」

応じて与八が、不敵な笑みを浮かべた。

行く手に東海道の両端に柵が設けられた、小田原宿の江戸口目附が見えてきた。

「頼りにしてるぜ、与八親分」

揶揄《やゆ》したような隼人の物言いに、

「これだ。すっかりやる気が失《う》せましたぜ」

与八が、軽口で返した。

土塁《どるい》と矢来《やらい》で、互い違いになるように道がつくられている、喰違《くいちがい》の手法を取り入れて設けられた江戸口見附は、入るとすぐに右へ曲がり、木戸をくぐって左へ折れると、通行人を監視する役人が詰める、番所の前に出るつくりになっていた。

江戸口見附は、西の板橋《いたばし》口見附や、甲州《こうしゅう》道の井細田《いさいだ》口見附とならんで小田原宿を警護する門として、武器を備え、昼夜番士が詰めていた。

十手をひけらかしての、与八のはったりのかまし方に辟易《へきえき》し、面倒くさい旅人、と判断したのか、番士は意外にも、あっさり通してくれた。


城下の江戸寄りの出入り口［山王《さんのう》口］からつづく、新宿町《しんしくちょう》に入った隼人たちは、町屋の建ちならぶ東海道を、旅籠が集まる一画へ向かって歩みをすすめている。

突然、前方で大きな声が上がった。

「お湯樽《ゆだる》さまのお通りだ。道をあけろ」

見ると、いままで見たことのない、奇妙な一行がやってくる。

二本の担《にな》い棒の前後左右を、それぞれふたり、合わせて八人の人足《にんそく》たちが担《かつ》いでいた。二本の担い棒をまたぐように、大きな角盆《かくぼん》に似た厚板が打ち付けられ、その上に棺桶《かんおけ》ほどの大きさの樽がくくりつけられている。

そのわきに旅姿の武士がひとり、付き添っていた。

八人の人足と武士ひとり、合わせて九人で一組の一群が、五組つづいている。

支配役とおもわれる武士が、馬に乗って、しんがりを務めていた。

道端に寄って、一行をやりすごす隼人の耳に、町屋の前に立って行列を見つめている町人たちの声が飛び込んできた。

「お殿様が、将軍さまに献上なさる、箱根の温泉の湯を満たした大樽。湯をこぼすことなく、江戸へ運ぶお役目。お湯樽奉行さまも、ご苦労なことだ」

「今年、拝命されたばかりの、新任のお湯樽奉行さまの顔が、心なしかひきつっているように見える」

小田原藩が、将軍家へ温泉の湯を献上していることは、隼人も知っていた。が、どうやって湯が運ばれていくのか、見当もつかなかった。

（江戸まで運ぶ間に、熱めの温泉の湯でも冷《さ》めてしまうだろう。沸かして入るのか）

胸中でつぶやいた隼人は、お湯樽の行列を凝然《ぎょうぜん》と見つめた。

五

泊まっている部屋に入ってきた、寅吉のただならぬ様子に、繁五郎がおもわず声を高めて、問いかけた。

「どうした。何があったんだ」

その声に、一隅で寝ていた紋太が起き上がった。

目が覚《さ》めないのか、軽く頭を打ち振る。

繁五郎の前に、崩れるように座り込んだ寅吉が、うわずった声を上げた。

「旗本たちに逃げられたかもしれねえ」

「逃げられた？　そんな馬鹿な。女は一歩も外へ出ていない。今日、等々力屋の男衆に小銭をくれてやって。聞き出した。昨日も、女は部屋にいたそうだ」

ふたりのやりとりに、眠気が覚めたのか、紋太が膝行《しっこう》してそばに寄ってきた。

「旗本たちを乗せて、夜釣りに出た漁船の船頭が、昼八つ過ぎにもどってきたんで、すぐ聞き込みをかけたんだ」

寅吉が、隼人たちが船酔いして大磯で船を下りたこと、土地不案内なので、宿の手配などやってくれないか、と旗本から頼まれて諸々世話を焼くうちに、一緒に宿に泊まってしまったこと、今朝方、先に宿を出て、江の島までもどってきたこと、隼人たちは陸路で行くといっていたことなど、船頭から聞いたことを話しつづけた。

聞き終わって、繁五郎が口を開いた。

「女は、宿に残っている。旗本たちは、三人で旅をしてきた。女ひとりを置き去りにして、旗本と町人が先へすすむとは考えられない。旗本たちは、必ずもどってくる。おれは、そう思う」

ぼそり、と紋太がつぶやいた。

「女は、おれたちを足止めするために宿に残っているのかもしれない」

聞きとがめて、寅吉がいった。

「そんなことはねえ。旗本野郎は腕は立つが、三味線を弾《ひ》いて往来する連中に聞かせたり、気分次第で喧嘩をふっかけてきたりと、つかみ所のない脳天気な野郎だ。そんな小細工を弄《ろう》する奴じゃねえ。なぜ、繁五郎さんに逆らうようなことをいうんだ」

「逆らうなんて、そんなこと、考えたこともない。繁五郎さんの判断にまかせます」

消え入るような声で、紋太が応じた。

ふたりの話が終わったのを見計らって、繁五郎が告げた。

「女は宿から一歩も外へ出ていない。寅吉が聞き込んできた、漁師のいうとおりだろう。ふたりが宿にもどってくるかどうか、もう一日、様子をみよう」

ふたりが、無言でうなずいた。

隼人が不意に立ち止まった。

行きかけた足を止めて、与八が振り向く。

「どうしました」

「もう少し町中へ行って、宿を探そうと思ったが、気が変わった」

こたえた隼人を怪訝《けげん》そうに見つめて、与八が訊いた。

「町中のほうか、居酒屋も一膳飯屋もたくさんあるし、噂話を聞き込みやすいんじゃねえですか」

「それはそうだが」

うむ、と唸《うな》って、隼人がつづけた。

「後からくるお藤のことを考えると、江戸口見附を出て、すぐのところにある新宿町のほうが、いいような気がしてきたのだ」

「どうかな」

今度は与八が、首を傾げる番だった。

ややあって、与八がことばを継いだ。

「そのほうがいいかもしれませんね」

「とりあえず宿を決めよう。それから」

「それから、なんです？」

与八が聞き返した。

「小田原藩には、協力してもらわねばならぬ。小田原藩の誰を訪ねればよいか見極めるために、聞き込みをかけよう」

「いいですね。実は、探索を始めたくて、うずうずしていたんで」

腕まくりして、与八がこたえた。

第六章　垂《た》れる暗雲

一

隣り合う二部屋をとることができた、旅籠《はたご》［伊豆見屋《いずみや》］に、隼人たちは泊まることにした。

与八《よはち》が番頭に声をかけ、下級武士や中間《ちゅうげん》たちが、よく飲み食いしている盛り場を聞き込んできた。

夕食後、隼人《はやと》たちは組屋敷の連なる一画から、ほど近い盛り場へ出かけた。

通りを、数回行き来した隼人と与八は、最も繁盛《はんじょう》している居酒屋［瓢簞《ひょうたん》］に入った。

繁盛している店を選んだのには、わけがある。

繁盛して、店が混雑していれば、自然と見知らぬ者同士が相席《あいせき》にならざるを得なくなる。当然、客同士の距離も近くなる。回りの客たちの話も、耳に入りやすくなり、閑《ひま》な店よりも多くの情報が得られるからだった。

入り口近くの卓が、空いていた。

卓をはさんで置かれた酒樽《さかだる》に、隼人と与八が、向かい合って腰をかける。

店内を見回した。

粗末な着物をきた、微禄《びろく》の者とおもわれる武士や、中間たちで混み合っている。

小女《こおんな》が注文をとりにきた。

「銚子《ちょうし》二本と、肴《さかな》は刺身にしてくれ」

さっさと注文した後、与八が隼人に訊《き》いた。

「旦那《だんな》、これでいいでしょう」

「まあ、な」

しらけた顔つきで隼人が応じた。

運ばれてきた銚子二本のうちの一本を、それぞれ手にとり、猪口《ちょこ》に酒を満たしたとき、

「為《ため》さん、駄目だよ。呑《の》みたかったら、いままで溜《た》まった酒代を払ってからにし

ておくれ。帰んな。帰っておくれ」

店主と思われる五十がらみの男が、入ってきた中間とおぼしき三十半《なか》ばの男の袖《そで》をとり、店から押し出そうとしている。

やおら隼人が立ち上がった。

為さんと呼ばれた男に声をかける。

「待ってたんだ、為さん。一緒に呑もうや」

「はあ」

呆気《あっけ》にとられた為が、しげしげと隼人を見つめた。

「どこかでお会いしましたか」

訊いてきた為の袖を摑《つか》み、隼人がいった。

「酒呑《の》み同士だ。どこで会ったかなんて、野暮《やぼ》な詮索は抜きにしな」

「へ」

狐につままれたような為にかまわず、店主を見やって、隼人が声をかけた。

「今夜の払いは、おれが持つ。銚子と、ぐい呑み三個につまみは、適当に見繕《つくろ》ってくれ。いい気分で呑みたいんだ。何も訊かずに、頼むよ」

にやり、と隼人が笑いかけた。

心得顔でうなずいた店主が、横目で、ちらり、と為を見て、いった。

「すぐお持ちします。ごゆっくり」

愛想《あいそ》笑いをして背中を向け、板場のほうへもどっていった。

「旦那、すまねえ。ご馳走になります」

為が、ぺこり、と頭を下げた。


隼人と向かい合う形で、為は、与八の隣に置いてある酒樽に腰をかけた。

隼人が話しかける。

「小田原に遊びにきたんだ。これを縁に小田原の面白そうなところを連れ回してくれよ」

「為六《ためろく》といいます。喜んで、案内させていただきます」

顔を笑《え》み崩して、為六がこたえた。


卓にはすでに二十本ほどの銚子が転がっていた。

酔いが回るにつれ、為六の舌はなめらかになった。

すすめ上手の与八に酒を注《そそ》がれるまま、根っからの酒好きらしく、為六は呑みつづけた。

　頃合いを見計らって、隼人が聞き込みをかける。

　一刻（二時間）ほど過ぎたころには、隼人は、すでに小田原藩の揉《も》め事になりうな事柄を聞き出していた。

　引き時、と判じて、隼人が告げた。

「今日のところは、お開きとしよう。明日も、この店で待ち合わせて下地《したじ》を入れてから、面白そうな店へ連れていってくれ」

「願ってもない話で。明日もご馳走《ちそう》になります」

　為六が、卓に額を擦《す》り付けんばかりに、深々と頭を下げた。

二

　隼人たちが為六と瓢簞で酒を呑んでいたころ、藤沢宿の旅籠の一間では、繁五《しげご》郎《ろう》と寅吉《とらきち》、紋太《もんた》が車座に座って、話し合っていた。

　その場には、険悪な空気が張り詰めている。

　繁五郎が悔《くや》しげに呻《うめ》いた。

「一日様子をみたが、旗本たちは帰ってこなかった。欺《あざむ》かれた。何という不覚」

寅吉から紋太へと視線を流し、言葉を継いだ。

「お頭《かしら》からいわれて、大岡越前守を見張っていたら、忍びの姿で寛永寺《かんえいじ》へ出かけた。ひとりで出かけた大岡が、寛永寺の庫裡《くり》から出てきたときは、月代《さかやき》を伸ばし、姿形は浪人としか見えない男と一緒だった。浪人が俺に気づいて、小柄《こづか》を投じた。身を躱《かわ》し、いったん逃げたとみせかけて、浪人をつけていった。が、その浪人は、旗本屋敷に入っていった」

その日のことを思い浮かべているのか、繁五郎が空に目線を浮かせた。

「いま考えてみれば、なぜ浪人としか見えない姿をしているのか、と疑念を抱き、そのわけを探るべきだったのだ。三味線《しゃみ》を弾いたり、町人や女と屈託《くったく》のない様子で談笑したり、と脳天気に見せてはいるが、それらのすべては緻密《ちみつ》な計算のうえで、為されていたことかもしれない」

わきから寅吉が、訊いてきた。

「なぜ、そんなことをやるのですか」

『自分の正体を隠すためだと、おれはおもう。あの旗本は、南町奉行大岡越前守と、ふたりきりで密談できる立場にある者なのだ」

「どんな立場にある者か、繁五郎さんの見立てを話してください」

紋太の問いかけに、繁五郎がこたえた。

「あの旗本は、独自の判断で咎人《とがびと》を裁く権限を与えられた、隠し目付《めつけ》のような立場にある者ではないか。そう、おれは推測する」

「まさか」

「そんな立場の者には、とても見えない」

ほとんど当時に、寅吉と紋太が声を上げた。

ふたりを見据えて、繁五郎が告げた。

「戸塚宿のはずれで、おれを襲ってきたときの手並みといい、藤沢宿での振る舞い。物見遊山《ものみゆさん》にきたかのように名所めぐりをして、探索する気がないかのようにみせかけ、江の島へ釣りに出かけた。すべてが計算づくのことだったのだ」

寅吉と紋太が、おもわず息を呑み、顔を見合わせた。

繁五郎がつづける。

「それらの動きのひとつひとつから判断して、旗本は、非常に手強《ごわ》い相手だ。この上は、お頭に急ぎ、知らせねばなるまい」

見つめて、繁五郎が告げた。

「紋太。今から夜道をかけて、お頭のもとへ走れ。旗本は我らを欺《あざむ》き、すでに小田原に入ったと思われる、とお頭に報告するのだ」

「わかりました。すぐ出立します」

向き直って、繁五郎がいった。

「寅吉は、おれとともに女を見張るのだ。女の動き方次第で、おれたちも、お頭のもとへ向かうことになる」

「女は、殺してもいいのですか」

「お頭は、つけて様子を探るだけにしろ、と命じられた。女は大岡越前守の息のかかった者。下手《へた》に事を荒立てたら、大岡まで乗り出してくることになる。そうなると面倒だ」

「歯痒《がゆ》い。実に歯痒い。押込みをやっていたときは、楽しかった。思う存分、やれた。いまは、我慢の連続だ。おれはお頭とともに風魔忍法の修行に明け暮れていた。あの女の両手両足を斬り落とし、女が血を溢《あふ》れさせて、徐々に息絶えていく姿を、ちびちび酒を呑みながら眺められたら、さぞや溜飲《りゅういん》が下がるだろうに」

奥歯を嚙《か》みしめた寅吉が、怒りを目をぎらつかせ、残忍な薄笑いを浮かべた。

脚絆《きゃはん》をつけ、旅支度をしている紋太が、そんな寅吉を横目で、ちらり、と見て、顔を背《そむ》け、嫌悪を露《あら》わに眉をひそめた。

翌日、お藤《ふじ》は朝五つ（午前八時）に等々力屋を引き払った。

江の島に向かう前に隼人から、

「おれは等々力屋にもどってこない。明後日、等々力屋の払いを済ませ、江戸方面へ向かってくれ。神奈川宿で宿をとり、一晩泊まって様子をみるのだ。つけてくる者たちの姿がなかったら、船で小田原に出るか、東海道で向かうか、お藤の判断で決めてくれ。此度《こたび》のお藤の役目は、薬売りたちを足止めすることだ」

と命じられている。

東海道を江戸へ向かって、お藤が歩いていく。

その後を、ほどよい隔《へだ》たりをおいて、薬売りたちがつけていった。

お藤は、草履《ぞうり》の紐《ひも》を締め直すふりをして、繁五郎たちがついてくるのをたしかめながら、歩いていく。

（薬売りたちがつけてきている。旦那から命じられた、薬売りたちを足止めする役目、いまのところ、うまくいっている）

お藤は、笑いがこみ上げてくるのを懸命に堪《こら》えた。

抑えきれないのか、お藤は時折笑みを浮かべながら、歩を運んでいる。

三

隼人は、昨夜、瓢箪で為六から聞いた話から、

（いま小田原藩では、家老と年寄たちが、藩の実権を握るべく、たがいに画策《かくさく》しあっている。このまま行けば御家《おいえ》騒動が起きるのではないか）

と推測し、裏をとるべく、与八とともに調べ始めていた。

暮六つ（午後六時）には、瓢箪に出向いて、為六と会う約束になっている。

まず隼人たちが、やったことは、小田原宿と近辺の絵図《えず》を買い求めることだった。

伊豆見屋の番頭に教えてもらった、本町《ほんちょう》の絵双紙屋［有隣堂《ゆうりんどう》］で、隼人と与八がそれぞれ一部ずつ持ち歩くために、絵図を二部、手に入れた。

絵双紙屋で、小田原藩の中級武士の屋敷が建ちならぶ一画の、町の名を聞いた隼人たちは、まず諸白小路《もろはくこうじ》に向かうことにした。

隼人が、藩の状況を調べる対象に、中級武士を選んだのは、それなりの理由が

あった。

年寄・家老などの重臣たちの屋敷がある一画は、人の往来が少なく、聞き込みが難しい。

下級武士たちには、重臣たちによって決められる藩の方針が伝わりにくく、上役の指示のままに動くことが多い、という弱点があった。

その点、中級の武士たちには、重臣たちとの接点もあり、藩の方向性、動向を知り得る立場であった。何か異変があるときには、先頭切って動きだすのが中級武士だった。


隼人と与八は、諸白小路を歩いている。

道の両側には、中級の武士たちの屋敷が連なっていた。

不意に隼人が足を止めた。

つられて立ち止まった与八が、

「どうしました」

黙って、隼人が前方へ向けて、顎《あご》をしゃくった。

与八が見やる。

その視線の先に、次の曲がり角の、途切れた塀のそばに若侍が五人、顔を突き合わせて話をしていた。

そのなかのひとりが、昂《たかぶ》る気持ちを抑えかねたのか、拳《こぶし》を高々と振り上げて、振り下ろした。

同じ仕草《しぐさ》を何度か繰り返す。

拳が当たりそうになっても、ほかの者たちは避けようとはしなかった。

むしろ、顔を寄せて、真剣に話し合っている。

傍目《はため》にも、何か大事な、切羽《せっぱ》詰まったことに対して激論を交わしていることが、よくわかった。

若者たちから隼人に視線を移し、与八が小声でよびかけた。

「旦那」

顔を与八に向けて、隼人がいった。

「様子から判じて、あの若侍たちが、何らかの揉《も》め事に巻き込まれているのは、明らかだ」

再び若侍たちに目線をもどして、隼人がつづけた。

「立ち止まったままでいるのは不自然だ。このまますすんで、若侍たちのそばを通り過ぎよう。どんな反応をみせるか、たしかめてみる。ただし」

「ただし?」

鸚鵡《おうむ》返しをした与八に隼人が応じた。

「決して若侍たちを見るな。気が立っている。因縁《いんねん》をつけられるかもしれぬぞ。喧嘩《けんか》慣れしたおれがいっているのだ。あいつらは、何かにいきり立っている。そんなときは、誰でもいい。喧嘩《けんか》をふっかけて、暴れたい、暴れたい気分になっている」

「盛《さか》り場で、喧嘩隼人と渾名《あだな》をつけられていた旦那の話だ。信じますよ。せいぜい用心しながら、通り過ぎやす」

「行くぞ」

声をかけて、隼人が歩き出した。

脇を通り過ぎて行く隼人と与八を、円陣を崩して、若侍たちが睨《にら》み付けた。

凄《すさ》まじい殺気だった。

見なくても、目が尖《とが》っているのが伝わってくる。

与八は、おもわず、ごくり、生唾《なまつば》を飲み込んでいた。

そのままやり過ごして、若侍たちから遠ざかったのを見計らって、与八が話しかけた。

「旦那のいうとおりでしたね。凄《すご》い殺気を浴びせられた。何が起こっているんでしょう。よほどのことが起きてるとしかおもえねえ」

顔を向けずに隼人が応じた。

「何か起きているのはたしかだ。早急に調べねばなるまい。為六が何か知っていればいいが、知らないときは厄介《やっかい》だな。いい手立てを考えねばならぬ」

うむ、と隼人が首を傾《かし》げた。

四

伊豆見屋には、出がけに伝えてあった。

「今日は、晩飯は食べない。その代わり、明日、宿内を見物しながら歩き回ってみたいので、握り飯でいいから、昼飯を用意してくれ」

「わかりました。今日の晩飯を明日の昼飯にあてさせてもらいます」

と番頭の了解を得ていた。

落ち合う刻限は決めていなかったが、暮六つ（午後六時）を告げる時の鐘が鳴り終わってまもなく、隼人たちは瓢簞に入っていった。

すでに、奥まった一隅の卓の酒樽に、為六が見知らぬ男と腰をかけていた。卓には、からになった数本の銚子が横倒しに置いてある。

与八が気づいたのと、為六が手を掲げて、居場所を知らせるのが同時だった。

軽く手を上げて応じた与八が、隼人に耳打ちした。

「酒呑みは、ほんとうに意地汚い。為六め、ただ酒にありつけると考えただけで、朝からそわそわしてたんじゃねえかな」

ちらり、と横目で与八を見て、隼人がにんまりした。

（どうやら旦那も、おれと同じ思いらしい）

にたり、とした与八が、隼人とともに為六たちのいる卓へ歩み寄った。

為六が連れてきた中間仲間の市助《いちすけ》は、酔いが深まるにつれ、舌が滑《なめ》らかになった。

呑み始めて半時（一時間）も過ぎたころには、ひとりで銚子を十数本、開けていた。

口は軽くなるが、酔ったようにはみえなかった。酒には強い質《たち》なのだろう。為六も酒量では、市助に負けていなかった。

が、酔うといい気持ちになるらしく、与八から、

「そろそろ場を変えるか」

と訊かれても、

「面倒くせえ。このまま、この店で落ち着いて呑みましょう」

といい張って、動こうとしなかった。

市助も同じだった。

隼人にとって、そのほうが好都合だった。

与八の、酒の注《つ》ぎ足し方は絶妙だった。

ふたりのぐい呑みがからになりそうになると、銚子を手にとって、酒を注いだ。おかげで隼人は、為六と市助の話に相槌《あいづち》を打ちながら、時々、聞き込みたいことについて、問いつづけた。

結句《けっく》、隼人は、市助から大事に至りそうな一件を聞き出していた。

小田原藩は、幕府から重要と指定された箱根《はこね》関所及び根府川《ねぶかわ》関所、脇《わき》関所の仙《せん》石原《ごくはら》、矢倉沢《やぐらざわ》、川村《かわむら》、谷ケ《やが》の管理・警衛を任されていた。

番方の藩士たちは、一ヶ月交替で、それらの関所に単身で詰める、と定められている。

それらの関所のうちのひとつ、箱根関所に詰めていた藩士たちが、新たに詰める交替要員の藩士たちが小田原を三日前に出立し、とうに関所入りしているはずなのにひとりも帰ってきていない、という、小田原藩にとって機密事項という事柄まで、市助は口軽くしゃべってくれたのだった。

為六も市助に負けず劣らず、噂話を聞き込んでいた。

箱根関所から帰ってきていない藩士のなかでも、関所差配《さはい》ともいうべき箱根伴《ばん》頭《とう》や定番《じょうばん》の名まで話してくれた。

二刻（四時間）ほど呑んで、

「そろそろ宿に帰らねばならぬ。今夜はお開きにしよう。明日の晩、また呑もう。できれば、帰ってきていない藩士の屋敷に奉公している中間に、知り合いがいたら、連れてきてくれないか。おもしろそうな話、もう少し詳しい状況を聞きたいのだ」

言い出した隼人に、

「知り合いがおります。誘って連れてきます」

と市助がいい、

「おれにも、懇意にしている奴がいます。酒好きな奴、声をかけたら、ふたつ返事でやってきますよ」

明日もただ酒が呑めるということがわかったせいか、満面を笑み崩して、為六が声を高めた。

五

翌日昼前、隼人と与八は、もどってきていない箱根伴頭・松永弦太郎《まつながげんたろう》の屋敷のある西海子小路《さいかちこうじ》を歩きまわっていた。

通りの両側に中級藩士の屋敷が連なっている。

歩を移しながら、隼人は昨夜、為六たちから聞いた、箱根関所に詰める箱根御番について、おもい起こしていた。

箱根関所に詰める箱根御番の数は、侍四人、定番三人、足軽十一人、中間ふたりの合わせて二十人だった。

本来なら、務めを終え、小田原城下に帰ってきているはずの二十人が行方知れずになっている。

（もっと騒ぎ立ててもいい事件だ。帰ってくるはずの日から今日で三日目、藩の重臣たちが『騒ぐな。大騒ぎして、公儀の耳に入ったら、藩政不行届《ふゆきとどき》、と咎められ、改易《かいえき》に科せられるかもしれぬぞ』などと、とかくいきり立ちがちな若侍たちを抑えてきても、そろそろ限界に達する頃合い）

胸中でつぶやいた隼人の目に、右手にある塀が途切れて、辻になっているところから出てきた、若侍たちの姿が映った。

十数人いる若侍たちの、先頭に立つふたりの武士の一方に見覚えがあった。

昨日、拳を振り上げていた侍だった。

気づいたのか、与八が焦って声をかけてきた。

「旦那、どうしやしょう。昨日、諸白小路で出くわした若いのがいます。おれたちを見たら、喧嘩をふっかけてくるかもしれませんぜ」

前を見据えたまま、隼人が応じた。

「どうするか、そのときに考えよう。とりあえず素知らぬ顔をして、やり過ごそう。気づかれなかったら、そのまま通り過ぎ、侍たちが出てきたところへ曲がろう。立ち去ったとみせかけて、曲がったところでとどまり、ほどよい隔《へだ》たりに達したら、つける」

「わかりやした。できるだけ、侍たちを見ないようにして、歩きます」

小声で与八がこたえた。

気持ちが昂っているのか、若侍たちは真一文字に唇を結んで、前方を見据えて歩いている。

若侍たちは、すれ違った隼人たちを見向きもしなかった。

辻を右へ折れた隼人たちは、曲がってすぐに足を止め、塀の後ろから若侍たちを見つめる。

「行くぞ」

声をかけ、隼人が通りへ出た。

与八がつづいた。

若侍たちは、とある屋敷へ入っていった。

つけてきた隼人たちが、屋敷の表を望める塀の陰に身を寄せた。

小半時（三十分）足らずで、若侍たちが出てきた。

全員が、厳しい顔をしている。

（話し合いがうまくいかなかったのだろう）

心中で判じて、隼人が告げた。

「つけるぞ」

足を踏み出す。

半歩遅れて、与八が歩を運んだ。


近くにあった社《やしろ》の前で、憤懣《ふんまん》やるかたない様子で、若侍たちが話し合っている。

その声が洩《も》れ聞こえるあたりの、町屋の通り抜けに身を潜《ひそ》めて、隼人と与八が聞き耳をたてている。

聞くことができた、途切れ途切れの部分をつなぎ合わせた隼人は、

（どうやら若侍たちは、箱根御番の藩士たちにかかわりがあるようだ）

そう見立てていた。

ほどなくして、話し合いは終わった。

若者たちが散っていく。

残ったのは、先頭に立っていたふたりだった。

たがいにうなずき合ったふたりが、二手に分かれて歩き出した。

「おれは、昨日見かけた奴をつける」

声をかけた隼人に、与八が応じた。

「あっしは、冷静そうな奴をつけます」

「どこへ行くか突き止めたら、瓢箪で落ち合おう。為六たちが待っているはずだ」

「それじゃ、のちほど瓢箪で」

「先に行く」

通り抜けから隼人が出て行った。

出てきた与八が、見た目は冷静そうな若侍をつけていく。

第七章　闇に飛ぶ影

一

暮六つ（午後六時）過ぎに、隼人《はやと》が瓢簞《ひょうたん》に行くと、店の脇で与八《よはち》が待っていた。気づくと近寄ってきて、隼人に話しかけてきた。

「為六《ためろく》も市助《いちすけ》も、店のなかにいますよ。新顔の中間《ちゅうげん》をひとり、連れてきてます。横一列に腰をかけて、あっしらが座る、向かい側の酒樽《さかだる》はあけてます。もう酒盛りが始まってますぜ」

皮肉な薄笑いを浮かべて、与八がことばを重ねた。

「店に一足入って、為六たちを見て、あわてて出てきたんでさ。三人でわいわいやっている。からになって横置きした銚子《ちょうし》が十本以上、転がってました。あっしはまだ素面《しらふ》だ。酔っ払い三人を、ひとりで相手にするのは厄介《やっかい》だとおもったんで、旦那《だんな》がくるのを待っていたんでさ」

苦笑いして、隼人がいった。

「酔っていたほうが好都合だ。多少突っ込んだ聞き込みをかけても、酔いで考える力が麻痺《まひ》しているから、何でこんなこと訊くんだ、などと疑いをかけられずにすむ」

「そういわれれば、そんな気もしますが」

釈然《しゃくぜん》としない顔つきで、与八がこたえた。

卓のそばに来るまで、為六たちは隼人と与八に気づかなかった。

声をかけられ、あわてて立ち上がろうとした為六たちを、

「待たせたな」

「よいよい、そのまま」

軽く手を上げて、隼人が制した。

卓をはさんで並べられた酒樽に、隼人と与八が腰をかける。

すかさず為六が初対面の男を引き合わせた。

「長吉《ちょうきち》です。箱根定番《はこねじょうばん》・友田《ともだ》様の屋敷で中間奉公しております」

「仙石隼人《せんごく》だ。これでも直参《じきさん》旗本の端くれ。今日は小田原の噂話を肴《さかな》にして、楽しく呑《の》みたい」

「ありがとうございます。お世話をかけます」

酔って、多少ろれつが怪しくなっているが、色黒の、肥って、丸々した顔に精一杯の愛想《あいそ》笑いを浮かべて、長吉が頭を下げた。

「さあ、呑もう。今日も楽しむぞ」

やってくるふたりのために、あらかじめ置いてあったぐい呑みを、隼人が手にとった。

酌《しゃく》をしようと待ち構えて持っていた銚子を傾け、為六がぐい飲みに酒を注《そそ》ぐ。

与八が手にしたぐい呑みには、市助が酒を注いでいた。

為六たちは呑みつづけ、肴をたいらげつづけた。隼人は話に相槌《あいづち》を打ち、与八は三人のぐい呑みがあきそうになると、酒を注《つ》ぎ足した。

半時（一時間）ほどして、聞き込みをかける頃合いを計っていた隼人が、さりげなく問いかけた。

「今日、面白いことに出くわした」

「どんなことで」

酔眼《すいがん》をこらして、為六が身を乗り出した。ぐい呑みを持つ手は、なぜか与八に向かって突き出されている。

銚子を持った与八が、すかさず酒を注ぎ足すのを横目に見て、隼人が話し出した。

「おれは、直参と陪臣の違いこそあれ、どこへ行っても同業の、武士の暮らし向きに興味があってな。旅先の武家地を歩き回ることにしている。今日は、昨日教えてもらった、箱根伴頭《ばんとう》の松永《まつなが》殿の屋敷のある西海子小路《にしかちこうじ》へ出かけたのだ。そしたら」

隼人は、そこで肩をいからせ、気色《けしき》ばんだ十数名の若侍たちと出会ったこと、興味が湧いたので跡をつけたら、とある屋敷へはいっていったこと、さほどの時を置くことなく、屋敷から出てきた若侍たちが、近くの社《やしろ》で何やら話し合っていたこと、話が終わり解散し、ふたり残った若侍が意味ありげにうなずき合って、二手に分かれて立ち去ったこと、隼人と与八が手分けして、若侍たちをつけたことなどを話して聞かせた。

ちびちび、酒を呑みながら、聞いていた為六が問うてきた。

「で、何を訊《き》きたいんで」

「まず最初に若侍たちが訪ねて行った屋敷の主《あるじ》が誰か、知りたいんだ」

脇から長吉が割り込んだ。

「そこは、私の御主人さまの屋敷で」

「主人の？」

聞き返した隼人に長吉がこたえた。

「箱根定番・友田清太郎《せいたろう》様でございます」

「若侍たちは、友田さんに何か談判しにきたのかな。かなりな剣幕《けんまく》だったが」

問いかけたのか、独《ひと》り言《ごと》のようにつぶやいたのか、隼人の口調は曖昧模糊《あいまいもこ》としたものだった。

ちらり、と与八が隼人に視線を走らせる。

隼人の物言いから、与八には分かっていた。隼人は、長吉が自分から事情を話し出すのを待っているのだ。

「そのあたりの事情は、私にはわかりません」

長吉のこたえに、隼人は、

「そうか。そうだろうな」

と応じただけだった。

首をひねって、隼人がつづけた。

「おれがつけていった若侍は、大手前《おおてまえ》の屋敷を訪ねた。重臣の屋敷のような気がする。堂々たる門構えの屋敷だった」

為六がこたえた。

「年寄・有島団兵衛《ありしまだんべえ》様のお屋敷だとおもいます」

「小田原藩では大年寄、家老、年寄、側用人《そばようにん》の役職に就《つ》いている方々が、重臣と呼ばれていると聞いたが」

隼人がいい、為六が応じた。

「そうです」

話の切れ目を探っていたのか、与八が口をはさんだ。

「あっしがつけていった若侍は、弁財天《べざいてん》にある屋敷に入っていきやしたが」

市助が声を上げた。

「おそらく、そこは目付《めつけ》・戸越一角《とごしいっかく》様のお屋敷ではないかと。ここ数日、若侍たち数十人が、あちこちで集まって、何やら動きまわっているようです」

「年寄に目付か。わけがわからぬ」

首をひねった隼人が、為六を見て、訊いた。

「おれがつけていた若侍は、年寄の屋敷から出てきた後、西海子小路にもどり、とある屋敷に入っていった。我が家に帰ってきたかのような、よどみのない動きだった」

心当たりがあったらしく、あ、とうなずき、為六がいった。

「その屋敷が、箱根伴頭松永様の住まいです。入って行かれたのは、色黒で太い眉、ぎょろりとした目が鋭い、筋骨《きんこつ》たくましいお人では」

「その通りだ。そうか、あの武士は、箱根伴頭松永さんのご子息か」

「あっしのつけていた若侍が行き着いた先は、天神小路《てんじんこうじ》の屋敷でした」

横から市助が声を上げた。

「そこは、箱根横目《よこめ》の上月雄之助《こうづきゆうのすけ》様のお屋敷です。入っていった若侍は、いつも穏やかそうに見えるお方では」

「そうだよ」

「そのお方は嫡男《ちゃくなん》の上月一朗太《いちろうた》さまです」

誰に訊かせるともなく、隼人がつぶやいた。

「年寄に目付、箱根伴頭に箱根横目が。無理矢理くっつけようとおもったら、箱根関所につながるような気がする。箱根関所に何かあるのか？」

　問いかけた隼人に突然、声を高めて長吉が訊いた。

　尖《とが》った音骨《おとぼね》だった。

「どうして、そんなことを訊かれるので」

　長吉の、隼人を見つめる目に、警戒の色が見えた。

　おもわず与八が、焦った目で隼人を見やった。

　次の瞬間、与八は呆気《あっけ》にとられていた。

　隼人は、ぽかん、と口を半開きにして、恍惚《こうこつ》とした表情を浮かべている。

「ただの面白がりだ。因果《いんが》な性分《しょうぶん》でな。他人の揉《も》め事を、傍《はた》から眺めて、どうなるか楽しみたいだけだ。これはいい。なかなか面白そうだ。小田原にきたかいがあった」

　屈託《くったく》のない笑い声を上げた。

　釈然としない様子で、長吉が為六から市助に目線を流した。

　渋い顔つきで、為六と市助がうつむく。

　銚子を手にして、隼人が為六に差し出した。

「つまらぬことを訊いてしまったな。悪い悪い。呑み直そう。今夜は二、三軒つきあってもらうぞ。案内してくれるな、為六」

「もちろん、ご案内しますよ」

笑《え》みを浮かべて、ぐい呑みを突き出した。

隼人が銚子を傾けて、為六のぐい呑みに酒を注ぎ込んだ。

二

瓢簞で一刻（二時間）ほど呑んだ後、隼人たちは為六の案内で近くの小料理屋「笹花《ささはな》」で半時（一時間）余り、酒盛りを楽しんだ。

「夜も更《ふ》けました。そろそろ宿にもどらないと」

と与八がいいだし、

「そうか。いい調子になってきたのに、残念だな」

と渋々、隼人が同調した。為六に、

「また会おう。これで、みんなでつづきをやってくれ」

と懐《ふところ》から銭入れを取り出し、なかから二分《ぶ》、つまみ出して差し出した。

「旦那、ありがてえ。この二分、ありがたく使わせていただきます」

押し頂くようにして受け取った為六が、深々と頭を下げた。市助と長吉が、為六にならった。

伊豆見屋《いずみや》にもどって、部屋に入るなり、隼人が与八に告げた。

「若侍たちが年寄の屋敷に押しかけたりして、事態は急迫している。町中で聞き込みをかけるなど、時をかけて調べていく余裕はなさそうだ」

「あっしもそんな気がします。何かいい手がありますか」

訊いてきた与八に、

「明日、家老を訪ねる。身分を明かして、事情を聞き出す。小田原藩の若侍たちのただならぬ動き。なぜか、小田原から江戸にかけて荒らし回った盗《ぬす》っ人《と》一味とかかわっているような、そんな気がする。もっとも、何の裏付けもない、ただの勘だがな」

「いままで何度も、ただの勘を頼りに探索してきました。今度の勘も、いい線をいくような気がします。明日、家老の屋敷に乗り込みやしょう。あっしもお供しますぜ」

にやり、として隼人が与八を見やった。

「そいつは、お断りだ」

「何で、なぜ駄目なんですか」

真剣な顔になって、隼人が告げた。

「初手はおれひとりで行く。万が一、おれが殺《や》られたら、与八は大岡様にそのことを知らせるのだ。上様と大岡様が、小田原藩を厳しく処断してくださるだろう。将軍代理の側目付《そばめつけ》を殺すのは、上様を暗殺するのと同じようものだからな」

「たしかにその通りで」

「与八、おれの死を大岡様につたえることは、おまえの使命のなかで、最も大事なことだ。そのこと、肝《きも》に銘《めい》じておけ」

「わかりやした。そのこと、深くこころに刻み込んでおきやす」

じっと隼人を見つめて、与八がこたえた。

翌日、隼人は小田原城の大手門《おおてもん》の前に立っていた。

与八には、

「一晩たって、おれが伊豆見屋に帰ってこなかったら、亡き者と思って、江戸へ立ち返り、大岡様に、おれが任務の途上、死んだことを伝えてくれ」

と言い置いてある。

家老の屋敷は、小田原城二の丸と三の丸に挟まれた、隅《すみ》屋敷と呼ばれる一画にあった。そこには、重臣たちの屋敷が建ちならんでいる。

城内にある隅屋敷に行くには、大手門を通らねばならなかった。

隼人は大手門に向かって、歩を運んだ。

門の両脇に立っている門番ふたりが、訝《いぶか》しげな視線を隼人に注いでいる。

歩み寄った隼人は、門番のひとりに声をかけた。

「直参旗本仙石隼人と申す者、大岡越前守様の命により、御家老吉野《よしの》大膳《だいぜん》様に諸々お訊きしたいことがあって、江戸より参った。御家老に取り次いでもらいたい」

門番が値踏みをするような目つきで、隼人の上から下まで、粘っこく見つめつづけた。

月代《さかやき》を伸ばし、小袖《こそで》を着流した、浪人と見紛《みまご》う姿形《すがたかたち》の隼人に、門番が疑念を抱くのは、至極《しごく》当然のこと、といえた。

「仙石様、身の証《あかし》となるような品をお持ちですか」

「あるが、ここで見せるわけにはいかぬ」

「それでは、お取り次ぎいたしかねます」

門番が冷《さ》めた目で、隼人を見据《す》えた。

鼻先でせせら笑って、隼人が告げた。

「取り次がぬなら、取り次がなくともよい。大岡越前守様は関東地方御用掛《じかたごようがかり》に任じられている。当藩の酒匂《さかわ》川治水工事や新田開発に対して、幕府より下される公費支出の差配《さはい》もまかされておられる。不審な、警戒すべき奴、と判じたから追い返した。公費の援助がなくなることも、もとより覚悟の上、と腹をくったのなら、取り次がなくともよい。これ以上の問答は無用。さらばだ」

脅し半分の、いつもの隼人なら、とりたくない手立てだった。が、時が過ぎれば、事態はさらに悪化する、と推断している。いまは、自分の思いなど抑えて、強行突破すべき時機だった。

立ち去ろうとして、背中を向けた隼人の袖を摑《つか》み、門番が悲鳴に似た声を上げた。

「取り次ぎます。暫時、お待ちくださいませ。取り次ぎます」

見据えて、隼人が告げた。

「袖を離せ。待ってやる。早く取り次げ」

睨《にら》みつけた。

門番が相方の門番を振り向き、目配《くば》せする。

その意味を察したのか、相方が背中を向け、城内に走り去っていった。

いかに任務を果たすためとはいえ、権力を笠に着るのは、厭《いや》なものだった。弱い者いじめをしている自分を見せつけられているような気になっている。

怯《おび》えて、縋《すが》るような目で見つめる門番から、隼人は渋面《じゅうめん》をつくって、目をそらした。

三

屋敷の接客の間で、隼人は家老・吉野大膳と向かい合って座している。
隼人は大刀の鍔《つば》を外し、鍔に秘められた、側目付の身分を示す［側目付落款《らっかん》］を大膳の眼前に突き出した。
［此者《このもの》、将軍代理之側目付也　秀忠］
と隠し彫《ぼ》りされた文字を、おのれの目に焼き付けるように、瞬《まば》きひとつせずに

見据えた吉野が、うむ、と呻《うめ》いた。

隼人を見つめて、厳しい顔で訊いた。

「仙石殿には、すでに当藩に異変が起きていると、察知された上での訪《おとな》いでございますか」

「この二日ほど、城下を歩きまわった。数度、血相変えた若侍たちが集まり、武家屋敷に押しかけるのを見た。気になったので、つけてみたら、若侍たちのうちのふたりが、思いつめた様子でそれぞれ別の屋敷を訪ねた。小田原宿にやってきて知り合った者に訊いてみたら、訪ねた屋敷の主が年寄・有島団兵衛殿、目付の戸越一角殿の屋敷ではないか、ということがわかった」

隼人の言葉を聞いた吉野が、唸《うな》り声に似た溜息《ためいき》をついた。

動揺を抑えるためか、目を閉じ、呼吸をととのえる。

ゆっくりと目を開いた。

隼人を見つめ、問いかける。

「仙石殿には、此度《こたび》の騒ぎ、どうみておられるのか。藩政不行届とみられたか」

問いながら鋭さを増した、吉野の目線をしかと受け止め、隼人が応じた。

「どうとも」

「どうとも、とは？」

　訝しげに問いを重ねた吉野に、隼人が告げた。

「包み隠さず申し上げる。上様は私に『いかなる揉《も》め事、騒動が起こっていようと、事を表沙汰にすることなく、内々で処理することこそ大事。できればその藩の家臣たちと協力し、何事もなかったように事をおさめるように』と命じられている。藩政不行届も何も、咎《とが》める気などさらさらない」

「それは」

　ことばを切って、凝然《ぎょうぜん》と隼人を見つめて、吉野が喘《あえ》ぐように、声を絞《しぼ》り出した。

「まことでござるか」

「まことも何も。私が小田原にきたのは、家人、奉公人を皆殺しにし、金品を強奪した上、建屋《たてや》に火をつけて焼き尽くす、という悪辣《あくらつ》極まる手口で小田原宿を皮切りに、東海道筋を下り、江戸でも押込みを重ねつづけた盗《ぬす》っ人《と》一味を探索するためです」

「小田原宿での押込みが、その一味の最初の盗み、といわれるのか。迂闊《うかつ》極まる。そのことも今まで、気づかなかった」

　心底驚いていることは、吉野の口ぶりから、よくわかった。

隼人が告げた。

「江戸から小田原までの道中、私は、盗っ人一味の仲間とおもわれる三人につけられ、つきまとわれた。同行している探索仲間のひとりを囮《おとり》にして、うまく尾行をまいて、この地に着きました。身の軽い奴ばらで、忍びの者さながらの動きに、いささか驚かされた次第」

「忍びの者。まさか」

首を傾《かし》げた吉野に、すかさず隼人が問いかけた。

「何か心当たりが」

「忍びの者といえば、風祭《かざまつり》一帯には、戦国の世に風魔《ふうま》と呼ばれた忍びの集団が住み着いておりました。いまだに風魔の末裔《まつえい》が猟師や樵《きこり》を生業として住んでおります。まさか、その風魔の生き残りの一部が、盗みを働いているとは思えませぬが」

何かを思い出したのか、空に視線を浮かせた。

「いや、ないとは言い切れぬ」

独《ひと》り言《ご》ちた吉野に隼人が訊いた。

「以前、風魔の忍びが盗みを働いた。そんな話があるのですか」

「あります」

　吉野が隼人に、江戸幕府開府のころ、向坂甚内《こうさかじんない》が、関東一円を荒らし回る盗人たちは風魔一族の残党たちだ、と訴え出て、盗賊たちを捕らえさせた。しかし、後年、自分自身も風魔の流れを汲《く》む大盗っ人であることが判明し、処刑された、という話が伝わっている、と話して聞かせた。

　口を挟むことなく、吉野の話に耳を傾けていた隼人が、ぼそりとつぶやいた。

「いまや、この世には存在しているはずのない風魔が生き残って、先人がやってみせた荒稼ぎを始めた、ということか。しかし、風魔の末裔が生きているとしても、忍びの技を習得するには、長年にわたる厳しい修行をつづけなければならない。修行を重ねている者がいれば、人目につかぬはずはないのだ」

「当藩には［箱根横目］という役職が設けられております。箱根の山々に存在する数々の関所に詰める藩士たちの監察をする傍ら、山中の変事に目を光らせております。その役向きの性格上、代々上月家の当主が箱根横目頭《がしら》を世襲しております。上月からは、風魔の末裔が忍者修行に励んでいるなどという報告は上がっておりません」

「風魔の末裔のことを、上月殿に、訊いてみたいのですが」

「当主の上月雄之助は、年中箱根の山中を見廻っていて、めったに屋敷におりません。嫡男《ちゃくなん》の上月一朗太は、父に連れられて何度か風祭の風魔の末裔の集落に行ったと聞いたことがあります。上月一朗太なら、すぐに呼び出すことができますが」

「上月一朗太殿、ですか」

どこかで聞いた名だった。とっさにはおもい出せなかったが、次に隼人自身が発したことばが、その名の主を蘇《よみがえ》らせた。

「ところで、さきほど話した、集まって箱根定番《じょうばん》の屋敷へ押しかけた若侍たちは、いったい何のために、そんなことをしでかしたのですか」

問いかけた隼人のなかで、ひとつの記憶が蘇っていた。

(ふたり残った若侍のうちのひとりが、上月一朗太という名だった。間違いない。箱根関所で何か異変が起きているのだ)

こころの中でつぶやいていた。

「何のためにといわれても」

どうこたえようか決めかねている、煮えきれない吉野の様子だった。

不意に隼人が決めつけた。

「箱根関所で何か異変が起きている。それゆえ、若侍たちはいきり立って、真相を知るために一群となって行動している。そういうことですね」

「それは、しかし」

口ごもって、吉野が黙り込んだ。

しばしの間があった。

突然、隼人が厳しいことばを浴びせた。

「事が大事《おおごと》になり、世間に知れ渡ってしまったら、もはや手遅れ。内々で済ますことはできませぬぞ」

「そ、そうなったら、困る」

動揺した気持ちを隠そうともせず、吉野が喘いだ。

ややあって……。

声を絞り出すようにして話し出した。

「もはや、隠そうとしても隠しきれない、と悟りました。箱根関所で、異変が起きているのは事実です。箱根番の家臣たちは、一ヶ月交替で箱根関所に泊まり込み、業務に携《たずさ》わります。三日前が、交替の期日でした。が、非番になって帰ってくるはずの箱根伴頭以下、番士たちがひとりも姿をみせないのです。どうなっているか、伊賀役《いがやく》の者たちにも箱根関所を探らせていますが、いまだ報告してきません」

「公儀が重要関所のひとつと定めている、海防のために設けられた根府川《ねぶかわ》関所ではは何の問題もなく、番士の交代が行われているのですね」

「根府川関所では、何事もおきていません。番士の交代も定め通り、すんでおります。ただ」

「ただ？」

鸚鵡返しをした隼人に、吉野がこたえた。

「箱根には箱根関所、根府川関所のほかに、仙石原《せんごくはら》などにも関所があります。それらの関所以外に裏関所といわれる、出入の門がわりの柵ふたつに、掘っ立て小屋だけの関所もあります。裏関所は近場の住人たちのために、地面と柵の間に、這《は》えば人がひとり通ることができる程度の隙間《すきま》が空けてあります。関所は明六つから暮六つまで開いていますが、やむを得ぬ仕儀で、閉じる刻限に間に合わなかった住人のために開けられた隙間なのです」

「裏関所のある場所さえわかれば、夜中にいつでも関所破りができるわけですね」

断じた隼人に、

「それは、しかし」

気まずい表情を浮かべて、吉野がことばを濁した。

口調を変えて、隼人がいった。

「箱根関所の一件、よくわかりました。一件落着に向けて、微力ながら助勢しましょう」

はっ、と目を輝かせて、吉野が応じた。

「かたじけない。よろしく頼みます」

頭を下げた吉野に、隼人が告げた。

「できるだけ早いうちに、風魔の末裔が住む風祭の里を見聞したい。明日、昼過ぎに上月一朗太殿と引き合わせてくれませんか」

「手配しておきます。ところで、いずこにお泊まりですか」

「新宿《しんしく》の伊豆見屋に泊まっております。夜はいます。急ぎの用ができたら、遠慮なく呼び出してくだされ」

「心遣い、痛み入る」

吉野が、深々と頭を下げた。

四

大手門を出た隼人は、三の丸東堀に架かる橋を渡った。
両側に大手前の武家屋敷が連なる御成道《おなりみち》を、ゆったりとした足取りですすんでいく。
左へ曲がる、ひとつめの三叉路《さんさろ》の手前で、隼人が足を止めた。
刀の鯉口《こいぐち》を切る。
柄《つか》に手をかけ、身構えた。
次の瞬間……。
苦笑いして、隼人が柄から手を離した。
三叉路の角に建つ武家屋敷の塀の陰から、男がひとり、現れた。
与八だった。
隼人に歩み寄る。
声をかけたのは隼人だった。
「与八、悪さが過ぎるぞ。それにしても、凄《すさ》まじい殺気だったぞ」

「気配を感じましたか。精一杯の殺気を発したつもりだったけど、まだまだですね。相手が怯《おび》えるくらいの殺気を、発することができるようになれば、戦わずして勝つ、というようなことになるんじゃねえか、と考えて、いろいろ試しているんですよ。けどね。なかなかうまくいかない」

口調をあらためて、与八がつづけた。

「いずれにしても、無事でよかった。宿で旦那が帰ってくるのを待っていると、いろんなことを考えてしまって、気分が沈みこむんで。生来、あっしは動いてないと駄目《だめ》な質《たち》なんでしょうね」

いつもの与八らしくない物言いに、隼人は何と応じていいかわからなかった。

「明日は、おれと一緒にきて、家老の吉野殿と顔合わせをしてくれ。此度は、小田原藩は仲間だ。一緒に動くことになった」

無意識のうちに出たことばだった。

目を輝かして、与八がいった。

「そいつはいいや。回りが全部警戒する相手だと、二六時中、気を張ってなきゃいけねえ。旦那とお藤《ふじ》のほかに、気を許せる相手がいると、気が楽になりやすぜ」

「宿へ帰るぞ」

「今夜は酒抜きですね」

「呑みたいか」

「いいや。今夜は、ひとっ風呂浴びて、ぐっすりと眠りたい気分で」

「明日から、さらに忙しくなる。おれも寝る」

笑みをたたえて、隼人がこたえた。


翌日昼過ぎに、隼人は与八とともに吉野の屋敷にいた。

接客の間で向かい合う吉野に、隼人が告げた。

「いつも探索を手伝ってもらっている、与八です。日頃は、江戸南町奉行所同心の手先で、十手《じって》持ちです」

隼人の斜め後ろに控える与八が、

「与八といいやす。お見知りおきくださいい」

吉野に見えるように、懐《ふところ》から十手を抜き出して、ゆっくりともとにもどした。

隼人がいい足した。

「これからは私からのつなぎ役として、頻繁《ひんぱん》に屋敷に顔を出すようになります。家来の方々には、そのこと、伝えておいてください」

「承知した。別室に上月一朗太を待たせてある。参りましょう」

「明日、上月殿を道案内に、風祭の、風魔の末裔たちが住む集落を訪れたい。手配のほど、よろしく頼みます」

「そのこと、すでに上月に伝えてあります。細かいことは、直《じか》に上月と打ち合わせてくだされ」

「そうさせてもらいます。別間に参りましょう」

脇に置いた大刀に、隼人が手をのばした。

吉野につづいて、別間に入ってきた隼人たちを見やって、上月一朗太が訝しげな表情を浮かべた。

上座に吉野と隼人が、斜め脇に与八が座った。

吉野が口を開いた。

「公儀側目付の仙石隼人様だ。控えておるのは仙石様の配下の与八殿。仙石様と与八殿は、此度の、箱根伴頭及び箱根番の行方知れずの一件の探索に助勢してくだざる」

驚愕《きょうがく》して、上月が上ずった声を上げた。

「御家老、いま何と仰《おっしゃ》いました。箱根伴頭および箱根番の行方知れずの一件と仰（おっしゃ）いましたが、探索に向かった伊賀役の方々から、何か報告があったのですか」

「一切ない。出かけたきり、ひとりももどらぬ。もどってこないのが、異変があったしるしだ」

一朗太を見据えて、吉野がことばを継いだ。

「箱根横目の父上から、連絡はないのか。非番あけで帰ってくるはずの箱根番たちだけではない。交代するために箱根関所に出かけた、箱根番たちの行方もわからない。様子を見に行かせた伊賀役の者たちももどってこぬ。何か異変があった、としかおもえぬ」

唇を噛《か》みしめた一朗太が、吉野を見つめた。膝《ひざ》の上に置いた拳《こぶし》が、強く握りしめられる。

一朗太の拳の動きを隼人は見逃していなかった。

(日頃は冷静にみえる上月一朗太が、珍しくおのれの激情を隠しきれずに動いた。次に発することばは、おそらく激したものになるはず)

が、一朗太が発した声音《こわね》は予想外のものだった。

「いま伺った話から、御家老は、すでに箱根関所に異変あり、と判断され、密《ひそ》かに調べられていたことがわかりました。異変があると知りながら、なぜ何らかの手を打たれないのですか」

「表だって動くわけにはいかぬ」

応じた吉野に一朗太が問いかける。

「それは、何故」

「小田原宿で旅人相手の店々を調べた。箱根関所を通った旅人が、小田原宿で買い物をしている。非番になった箱根番たちが交代した日も、そしていまも、箱根関所を旅人は通行している。関所の業務は、いつも通り行われているのだ。誰が箱根関所をとりまとめているのか、不明だ。が、旅人は、いつも通り通行している」

「面妖《めんよう》な。小田原藩の箱根番たちは行方知れずになっている。交代に出向いた別組の番士たちの消息もわからない。二組は箱根番四十人の行方がわからなくなっている。伊賀組の方々も、父上もおそらく」

感情の昂《たかぶ》りを抑えるためか、一朗太が黙り込んだ。

しばしの間があった。

「御家老、数々の異変が起こっているのに、なぜ動かれないのですか」

あくまでも穏やかな、一朗太の物言いだった。

「はっきりいう。いまわかっていることは、箱根関所を何者かが支配している、ということだ。箱根関所の管理不行届が表沙汰になれば、我が小田原藩は公儀からお咎めを受けるは必定《ひつじょう》。改易《かいえき》、御家断絶の憂き目にあうかもしれぬ」

「改易、御家断絶ですと」

一朗太が眉をひそめた。

ふたりのやりとりを聞きながら、隼人は、

(吉野殿は、端《はな》から箱根関所にかかわる異変を察知し、さまざまな手を打っていたのだ。表沙汰になったときに生じる、さまざまな凶事にどう対処すべきか考えていたのだろう)

そう推測していた。

吉野が口を開いた。

「昨日、仙石様が訪ねてこられ、おもいもかけぬことばをいただいた。仙石様は、八代将軍吉宗公から、事を内々でおさめるよう命じられている、と仰られた。内々に動く。その条件さえ満たせば、我が藩には何のお咎めもないことがわかった。箱根関所を密かに占拠した、容易ならざる敵が相手。まずは、その敵が何者か、突き止めることが、喫緊《きっきん》に為すべき仕事」

一朗太が目を光らせて、問うた。

「さきほどご家老が私に、仙石様が見聞されたいと仰っているので、風魔の末裔が住み暮らしているといわれている、風祭の集落の案内役を引き受けてくれ、と命じられたのは、内々の探索の一環なのでは」

「そうだ。この際わしは、助勢しよう、と申し出てくだすった仙石様に、甘えさせてもらおう、と腹を決めた。内々の探索の指図《さしず》は、仙石様に委《ゆだ》ねるつもりだ」

隼人を振り向いて、吉野が告げた。

「家老の職責にある身、私が動けば、内々で事を処理することがむずかしい。私も、仙石様の指図に従う所存。何卒《なにとぞ》、私めの頼み、引き受けていただけぬか」

隼人と相対するように向き直った吉野が、深々と頭を下げた。

「不肖《ふしょう》仙石隼人、吉野殿の頼み、喜んで引き受けよう。お手をあげられい」

姿勢を正した隼人が。凛《りん》とした声音でこたえ、伸ばした手で吉野の手をとる。

手を握り合ったまま、隼人と吉野が凝然と見つめ合った。

五

隼人と与八は、翌日明六つ（午前六時）、小田原城大手門の前で一朗太と落ち合った。

風祭村は、小田原宿の板橋《いたばし》口から箱根湯本《ゆもと》へ向かう道筋にある、最初の村だった。

一朗太は、箱根横目の父、上月雄之助に連れられて、よく風祭村を訪れたといっていた。

風祭村に足を踏み入れた隼人は、一朗太が、何度も顔を出していたことが裏付けられた、と感じていた。

同時に、上月雄之助は、かなり頻繁《ひんぱん》に風祭村に足を運んでいたのではないか、何か目的があって通ったのだろうか、との疑念も抱き始めていた。

案内役として、先頭立って歩いていく一朗太に、すれ違う村人たちが笑みを向けて、通り過ぎていく。

なかには立ち止まって、会釈《えしやく》し、挨拶《あいさつ》のことばを交《か》わしていく者もいた。

そんなひとりに、お千代《ちよ》と、一朗太が親しげに名を呼んだ村娘がいた。話しているなかみから推測して、どうやら一朗太とお千代は、幼いころ、一緒に遊んだことがあるようだった。

「このところ、顔を見ていないが、紋太はどうしている。元気か」

と一朗太が訊いたとき、一瞬、お千代が見せた悲しげな表情が、なぜか、隼人は気にかかった。

お千代は目を伏《ふ》せたまま、小声でこたえた。

「紋太さんは、村の若い衆に誘われて、旅に出ています」

「そうか。必ず夫婦《めおと》になる、と噂されていたほどの仲だったのに、紋太の奴、何を考えているんだろう」

「ええ、でも、仕方がないんです。紋太さんには夢がありますし」

曖昧な笑みを浮かべたお千代に、一朗太がいった。

「閑《ひま》を見つけて、屋敷に遊びにこい。昔話でもして、飯でも食おう」

「近いうちに」

ふたりの話が一段落した様子を見届けて、隼人が口をはさんだ。

「風祭村に、風魔の忍法が伝えられている、と聞いて、江戸からやってきたのだ。

風魔のことにくわしい者を知らないか。是非話を聞きたいのだ」

「長老の嘉作《かさく》さんが、昔のことをよく知っているので、そのあたりのことも詳しいとおもいます。嘉作さんの家まで、案内しましょうか」

応じたお千代に、一朗太が声をかけた。

「嘉作爺さんの家なら、おれも知っている。おれが案内するよ」

笑みを向けた一朗太に、

「それでは、これで」

笑みを返したお千代が、会釈して背中を向けた。

「行きましょう、嘉作爺さんの住まいへ」

無言で隼人がうなずいた。


嘉作の家は、風祭村の鎮守社《ちんじゆのもり》、風祭八幡《はちまん》神社の近くにあった。

不意に訪ねてきた一朗太を見て、嘉作は、なぜか警戒の色をみせ、土間に立たせたまま、訊いてきた。

「父上さまから頼まれて、こられたのですか」

怪訝《けげん》そうに、一朗太が訊き返した。

「父上がきたのか。いつのことだ」

安堵《あんど》したような表情を、嘉作が浮かべた。

「二日前にいらっしゃいました。もっとも、すぐに引き揚げられましたが」

「父上は、生きておられた。何はともあれ、よかった」

独り言ちた一朗太が、嘉作にいった。

「上がらせてもらうぞ」

草履《ぞうり》を脱いだ一朗太が、板敷《いたじ》きの間の上がり端《はな》に足をかけた。

囲炉裏《いろり》のある板敷の間の奥に、畳敷きの部屋が一間。狭いが、掃除が行き届いた、塵《ちり》ひとつ落ちていない嘉作の住まいだった。

六十を幾つか越えているように見える嘉作は、痩《や》せてはいるが、引き締まった躰《からだ》をしている。ひとり暮らしを楽しんでいるようだった。

「すっかり体力が落ちてきて、最近では猟に行くより、樵の真似事をして、暮らしをたてています」

隼人たち三人が、囲炉裏のまわりに座り終えるのを見計らって、嘉作が口を開いた。

一朗太が隼人と与八を嘉作に引き合わせた後、切り出した。

「仙石様が、風祭に伝えられているという、風魔党の忍びについて、知りたいと仰っている。お千代坊に訊いたら、嘉作さんがくわしい、と教えてくれたので、やってきたのだ」

顔を隼人に向けて、嘉作が訊いた。

「どんなことを、お知りになりたいので」

警戒を露《あら》わに隼人を見つめている。

隼人は、一朗太の顔を見るなり、警戒の色を見せた嘉作に、何か隠し事がある、と推測していた。その警戒心が、いま隼人に対しても向けられている。

そんな対応が、隼人に、嘉作は隠し事をしている、と断じさせ、単刀直入に問いをぶつけるべきだ、と決意させた。

「実は、おれは、小田原宿で始まり、東海道を下りながら数カ所の宿場で盗みを重ね、江戸でも派手に盗みをつづけた盗っ人一味を追って、ここまできたのだ」

嘉作が無言で隼人を睨《にら》みつけている。

鋭く見つめ返して、隼人が告げた。

「盗っ人一味の足跡をたどって、小田原にくる道中、盗っ人一味の者とおもわれる三人の男につけまわされた。相手の腕のほどを見極めるために、喧嘩《けんか》を売って、斬りかかった。驚くことにつけてきた者は後転を繰り返して逃げ去った。忍びの者もかくや、と思わせるほどの動きだった。小田原には北条氏に庇護《ひご》された「風魔党」という名の忍びの者の集団が存在した。いまも、風魔党は存在している。すくなくとも、おれはそう確信している」

いったんことばを切った隼人が、さらに鋭く嘉作を見つめた。

嘉作も見つめ返す。

隼人が告げた。

「嘉作、御上《おかみ》にも慈悲はあるぞ。知っていることを、洗いざらい話してくれ」

嘉作が、頭《こうべ》を垂《た》れた。

躰が小刻みに震えている。

少しの間《ま》があった。

顔を上げ、隼人を見つめて話し出した。

「何のお咎めもなく、このまま平和な暮らしを続けられることを保証してくれるなら、知っていることはすべて話すし、命じられたことには協力します」

「家老の吉野様と話はついている。そのこと、約束しよう」

「お願いいたします。実は」

嘉作が話しはじめた
風魔の忍法は、風祭村の住人たちに密かに伝えられてきた。風魔の技は、猟師や樵の仕事にも役に立ったので、みんなが喜んで修行をした。

岩松《いわまつ》という村人は類《たぐ》いまれな才能の持ち主で、人望もあった。岩松は、みんなから推《お》されて、風魔党の党首が代々名乗った風魔小太郎《こたろう》という名を継いだ。

忍びの技を習得することだけが望みだった一団だったが、ある人物からみょうな考えを吹き込まれ、軍資金を得るために盗みを働き始めた、と嘉作が話したとき、横から一朗太が問いかけた。

「岩松にみょうな考えを吹き込んだ人物は、誰だ」

うむ、と呻いて、嘉作が溜息《ためいき》をついた。

「誰なんだ。教えてくれ。頼む」

いつもの一朗太らしくない、感情が迸《ほとばし》った物言いだった。

「私にも、誰なのか、断言できるほどの、材料がないのです。いずれわかることです」

嘉作が肩を落とし、うつむいた。

拳を握りしめた一朗太が、嘉作を睨みつけている。

重苦しい沈黙が、その場を支配した。

口を開いたのは、隼人だった。

「上月殿、その問いかけ、ここまでといたそう」

嘉作に視線を移して、つづけた。

「嘉作、協力する、といった、さきほどのことばは二枚舌《にまいじた》か。なら、おれも約束を反故《ほご》にする。上月殿、与八、引き揚げよう」

脇に置いた大刀を手に取ったとき、嘉作が甲高《かんだか》い声で呼びかけた。

「お待ちください。申し上げます。風魔小太郎さまは、いま箱根関所に詰めておられます。風魔党が世に出るためには、江戸幕府に代わる新たな権力者を生み出すことに力を注がねばならぬ。呼びかけに応じて、決起してくれる大名たちの軍隊が、無傷で箱根関所を通ることができる体制を作り上げねばならぬ、といいだして動き出され、まずは軍資金を集めねばならぬ、と、分限者の家に押し込み、金品を奪いつづけたのです」

「必要と思われる軍資金がそろったのだな」

隼人の問いに、嘉作がこたえた。

「先日、江戸などで盗み出した金品を、漁船数艘に積み込み、早川《はやかわ》を遡《さかのぼ》って近くの岸辺に陸揚げし、いずこかへ運びこんだようです。風魔小太郎に従う若者は三十人ほど、陸揚げした金品を大八車に包み込み、運んでいくときに見かけましたが、皆、荒《すさ》んだ顔つきで、別人のようでした」

わきから、一朗太が声を上げた。

「そのなかに、紋太もいたのだな」

「そうです。地獄の底を見ているような、陰鬱《いんうつ》な目をしていました。明るく、陰《かげ》日向《ひなた》のない、いい若者でしたが、いまは見る影もなく」

嘉作の声が、感情の昂ぶりに震えて揺れた。

隼人が言い放った。

「約束は守る。近いうちに役に立ってもらう」

「何でもいたします。何卒、ここを、風祭の里を、村人たちの、今まで通りの暮らしを守ってくださいませ。この通りでございます」

額を床に擦《す》り付けて、嘉作が頼み込む。

「武士に二言はない。存分に働いてもらうぞ、嘉作」

「命を賭《か》けて、働きます」

顔を上げて告げた嘉作が、再び、額を床に擦りつけた。

風祭村を出たところで隼人が立ち止まった。

与八も、一朗太も足を止める。

顔を向けて、隼人が告げた。

「与八、風祭村を見張れ。おれたちがきたことを知らせに走る者がいるはず。つけても深追いするな。行く先は、分かっている。箱根関所だ」

「わかりやした。村人の目の届かないあたりに行ったら、わかれて、見張れる場所に潜《ひそ》みます」

一朗太が声を上げる。

「松永たちを集めます。指図のほど、お願いいたします」

「頼む」

「万事抜かりなく」

眦《まなじり》を決して、一朗太が応じた。

第八章　払暁《ふつぎょう》の血戦

一

松永《まつなが》たちを集めたら、吉野《よしの》の屋敷にくるように、と上月一朗太《こうづきいちろうた》に指図《さしず》した隼人は、屋敷へ向かった。

吉野には、探索した結果のすべてを知らせる、と決めている。吉野は大老《たいろう》不在の、現在の小田原藩のなかでは、最上位の立場にある重臣だった。不始末の全責任を負わねばならぬ者といえた。

探索の結果をすべて共有する。それが、最悪の場合は腹を切らねばなるまい、と覚悟を決め、隼人に一件落着の全権を託した吉野に対する、隼人ができる唯一のことであった。

吉野の屋敷に着いた隼人を、新たな展開が待ち受けていた。

接客の間に隼人を迎え入れた吉野の顔は、明らかに強《こわ》ばっていた。

向かい合って座るなり、吉野が口を開いた。

「消えた箱根番たちの行方《ゆくえ》を追っていた伊賀役《いがやく》のひとりが、満身創痍《まんしんそうい》でもどってきた。『探索の任についていた五人のうち四人は、すでに殺され、自分ひとりが逃げのびられた。箱根《はこね》関所はすでに何者かに占拠されている。敵は、戦国の世の乱波《らっぱ》もかくや、と思われる、身軽で剽悍《ひょうかん》な者たちでござった。箱根関所に詰めていた箱根番たちも、交代で出向いた者たちも、すでに殺されているはず』といって息絶えた」

憔悴《しょうすい》しきった吉野に、隼人が告げた。

「本日出向いた風祭村《かざまつりむら》で、箱根番や伊賀役の方々を殺し、箱根関所を占拠している者どもの正体がわかりました」

「やはり風魔《ふうま》党の末裔《まつえい》たちの仕業《しわざ》でしたか」

かねて疑念を抱いていた。そう推察できる、吉野の問いかけだった。

「そうです。此度《こたび》の騒ぎに心を痛めた嘉作《かさく》と申す風祭村の長老が、望みをきいてもらえるなら、洗いざらい白状するし、探索に協力する、と申し出てきました。

僭越《せんえつ》ながら、私の一存で、望みをすべて呑《の》む、武士に二言はない、と約束しました。敵の正体を知ることができたのも、嘉作のおかげ」

「騒動を一時も早く落着するため、仕方ありますまい。条件のなかみを教えてくださらぬか」

「その約束を守り続けるのは、吉野殿の役目。お伝えしないわけにはいきませぬ」

隼人は、嘉作が、風魔党に加わらず、風祭村に残った者たちを咎《とが》めることなく、今まで通りの暮らしがつづけられることを保証してほしい。約束してもらえれば、何でも手伝う、といっている、と吉野につたえた。

一瞬、空を仰いだ吉野が、視線を隼人にもどした。

「事を内々にすますには、その約束を守るしか手立てはありますまい。風祭村の住人たちを、咎人《とがにん》につながる者ども許せぬ、と怒りにまかせて処断すれば、必ず噂になって知れ渡り、事が表沙汰になる恐れが生じます。長老の望みをきいてやる。それが世渡りの知恵というもの」

「納得していただいて、ありがたい。もうひとつ、頼みたいことがあります」

「何なりと申されよ」

「一朗太に松永たちに声をかけ、こちらのお屋敷に集まるよう指示しました。いわば、箱根関所奪還のための斬り込み隊ともいうべき若侍たち。その集まりに吉野殿に立ち会ってもらいたいのです」

「承知しました。前にもいいましたが、一件落着に必要なものは遠慮なく申し入れてください。すべて取りそろえます」

「さらにひとつ、お訊《き》きしたいことがあります」

「どんなことですか」

「箱根横目《よこめ》・上月雄之助《ゆうのすけ》殿には、小田原藩に対して、何らかの恨み、つらみがあるのではないか。そんな気がする出来事がありましてな。心当たりがあれば話してもらいたい」

首を傾《かし》げて、吉野が思案する。

ややあって、呻《うめ》くようにつぶやいた。

「まさか、大昔の、あのことが、いまだに尾を引いているとは、とても考えられぬが」

独《ひと》り言《ご》ちた吉野のことばを、隼人が聞き咎めた。

「その、とても考えられぬことを、話してください」

「小田原藩はもともと大久保忠隣《おおくぼただちか》公の支配下にありました。が、幕閣《ばっかく》内の権力争いに敗れ、忠隣公は、突然改易《かいえき》され、御子や御孫たちまでも縁座《えんざ》の対象になりました。その忠隣公の世に家老に任じられていたのが、上月の先祖です。いまの上月家は、不憫《ふびん》に思われた、後に小田原を拝領する大久保忠朝《ただとも》公のご先祖が、上月の嫡男《ちゃくなん》に声をかけ、平藩士として召し抱えたのです」

「かつて家老職についていた家柄が、平の藩士に格下げされたとの思いが、根強く残り、子々孫々まで語り継がれた。そのようなことがない、とはいい切れませぬ。日頃の上月殿の言動に、そのような不満めいたものはなかったのですか」

隼人の問いかけに、吉野が空を見つめた。記憶の糸をたどっているような眼差《まなざ》しだった。

目を隼人にもどして、いった。

「酔った上月が、世が世であれば、我が家は家老職を務める家柄であった、と恨みっぽくつぶやいていた、と何人かから聞いたことがあります。さして気にも止めなかったが」

「そうですか。そんなことが、あったのですか」

応じた隼人は、嘉作のことばを思い出していた。

「二日前に、父上がいらっしゃいました」

ことば遣いの違いはあるが、確かに、そのようなことをいっていた。

（二日前といえば、すでに箱根番たちが行方知らずになった後。箱根横目の役職にある身が、そのことを知らぬはずがない。本来なら、必死に探索している時機。解《げ》せぬ）

凝《こ》らす思案のなかで、上月雄之助に対する疑惑が、急速に膨《ふく》らんでいくのを、隼人は抑えこむことができなかった。

二

隼人が吉野の屋敷について一刻（二時間）ほど過ぎたころ、一朗太が声をかけた松永ら、箱根番の倅《せがれ》たち三十名余りを連れてやってきた。

襖《ふすま》を開け放した二部屋を使って、今後の探索の段取りを話し合っている。

横に五人ならんで一組の倅たちが、五組ならんでいる。若侍の列の前には一朗太と松永が座っていた。

隼人と吉野が上座《かみざ》に着いている。

吉野が、満身創痍でもどってきた伊賀役がもたらした報告を伝えると、松永や倅たちの間からどよめきが上がった。

「敵討《かたきう》ちだ」

「これから箱根関所に斬り込もう」

と声を荒らげる者もいた。

なぜか一朗太は、怒りの声を上げる松永たちを見渡し、眉間《みけん》に縦皺《じわ》を寄せて、うつむいた。

隼人は、そんな一朗太をじっと見つめている。

(一朗太殿は、嘉作がいった『父上が二日前にいらっしゃいました』ということばに隠された事柄に気づいたのだ。二日前は、箱根番たちの消息《しょうそく》が途絶《とだ》えた日より後だ。横目として、重役たちに報告する責務がある。なぜ報告しない。しないにはしないなりの理由があるのだ)

どよめきが静まるのを待って、隼人が声をかけた。

「さっき敵討ちだ、と声が上がった。その通りだ。が、すべて秘密裏《り》にすすめねばならない。箱根関所は、風魔党の忍びたちに占拠されている。箱根関所を管轄《お》しているのは小田原藩だ。この不祥事が世間に洩《も》れ、幕府に知れたら、改易《かいえき》、御家断絶《いえだんぜつ》の憂《う》き目にあうは必定《ひつじょう》。怒りにまかせて箱根関所に斬り込むことは藩の消滅につながる。そのことを肝《きも》に銘《めい》じて、内々に事をおさめるべく、すべてを秘密裏にすすめるのだ」

一朗太たちが無言でうなずいた。

合議が終わった後、接客の間にもどってきた隼人を、与八が待っていた。

気づいた与八が、隼人が座るまで待ちきれなかったのか、声をかけてきた。

「風祭村から男がひとり、出てきました。箱根湯本《ゆもと》の手前までつけました。行く先は箱根関所だと見込みがたったので、知らせにきました」

隼人につづいて入ってきた吉野が、与八に問いかけた。

「風祭村には、風魔の手先が残っているのか」

吉野の問いに隼人がこたえた。

「風祭村を訪ねたら、何らかの動きがあるかもしれない、と考えて、出向いたのです。予想通りに動いてくれました」

歯痒《がゆ》そうに、吉野がつぶやいた。

「相手は三十人余り。軍勢を動かせば、一気に殲滅《せんめつ》できるのに、表沙汰になることを怖れて、それもできぬ。どうしたものか」

「表沙汰にならない手立てをとればいいのです。例えば、箱根関所が火事になるとか。しかし、どうやって火事を起こすか。そこが問題だ」

「事を大きくすれば、御家の存亡にかかわる。かといって、このまま放置するわけにもいかぬ。どうする？」

吉野が呻き、隼人が首を傾げて、独り言《ひとりごと》ちた。

「一人一殺、相打ち覚悟で箱根関所に斬り込む人数は、少なくとも四十人。相手は風魔忍者。数人一組で箱根関所に近寄れば、手裏剣《しゅりけん》で狙い撃ちされるだろう。誰にも気づかれずに、多人数を運ぶ手立てを教えてくれる者がいたら、たとえ唐《から》天竺《てんじく》でも、飛んで行きたい気分だ」

うむ、黙り込んだ隼人と吉野を見て、与八が溜息《ためいき》まじりに、つぶやいた。

「人の目にさらしたくない骸《むくろ》を運ぶときに使うのは、棺桶《かんおけ》だ」

はっ、として、軽く額《ひたい》を平手打ちし、与八がことばを継いだ。

「いけねえ、また場違いな軽口をいってしまった。悪い癖《くせ》だ」

その与八の独り言にかぶせるように、隼人が声を上げた。

「それだ」

「それだ?」

「何です?」

吉野と与八が訝《いぶか》しげに、隼人を見やった。

吉野を見つめて、隼人がいった。

「貴藩には将軍家に箱根のお湯を献上する、お湯樽《ゆだる》行列という習わしがありますね」

「それが何か」

唐突な隼人の問いかけに、いささか不機嫌そうに吉野が応じた。

「先日、将軍家へ箱根の温泉の湯を献上する、お湯樽行列に出くわしました。将軍家に新たな源泉のお湯を献上しようと計画している。藩士たちに、汲《く》み上げてきた湯に入ってもらい、どこの湯が一番気持ちよかったか、決めてもらって、集計し、最も評判のよかったお湯を、次の献上湯にする。そのために、諸処の源泉のお湯を採取する、との名目をつくり、大八車《だいはちぐるま》で運ぶことができる程度の大きさの樽を乗せて、箱根のあちこちに向かわせるのです」

「樽のなかに、斬り込み隊の面々を潜《ひそ》ませるのですか」

呆《あき》れたように吉野が訊いてきた。

「そうです。樽の大きさにもよりますが、なかに武具を持ち込んでも、少なくとも五、六人は入れるでしょう。仮に四十人を分乗させるとして樽は七、八本。大八車も七、八台必要になります」

「たしかにそうだ。それなら人目にさらすことなく、大勢を運べるな」

つぶやいた吉野が、隼人に訊いた。

「大八車を牽《ひ》く人足たちはどうします。足軽たちに牽かせますか」

「風祭村と隣り合う板橋《いたばし》から、人足《にんそく》を出させましょう。風祭村から多くの人足を徴集すれば、箱根関所へ通報することは難しくなります。それと斬り込み隊と私のために脚絆《きゃはん》とたっつけ袴《ばかま》、草鞋《わらじ》を人数分、用意してもらいたい。ばらばらの格好だと、乱戦になったら同士討ちする怖れが生じる。できれば、同じ色のほうがいい」

「大八車八台に、人が六人入るほどの大きさの大樽八本。すぐさま手配し、明日の朝までに用意します。たっつけ袴、脚絆も同じ色で手配します」

「たっつけ袴と脚絆は、私の分も用意してください」

「承知しました。で、斬り込み隊の出発の予定は、いつごろになりますか」

「明後日の早朝に出発し、翌日払暁《ふつぎょう》に斬りこみます。細かい段取りはこれから考えますが、抱大筒《かかえおおづつ》二門、大筒用の弾薬を予備を入れて五発、用意してもらいたい。遠見番所《とおみばんしょ》を破壊、炎上させるための武器です」

「用意しておきます。斬り込み隊四十人は、上月一朗太と松永に集めさせましょう。すでに殺されたと思われる箱根番四十家、伊賀役五家のなかから選べばいいでしょう。父御《ちちご》の敵討ち、恨み骨髄《こつずい》の思いで死に物狂いで戦うはず」

「そうでしょうね。斬り死にした者は、病にて急死の扱いにして、家は存続させてください」

「必ず、それぞれの家は存続させます」

決意を込めて、吉野が強く顎《あご》を引いた。


同じころ、箱根関所の伴頭《ばんとう》詰所では、風魔小太郎《こたろう》と上月雄之助が向き合って、話し合っていた。

小太郎は、長身で、筋骨隆々《りゅうりゅう》たる偉丈夫《いじょうふ》だった。人を射竦《いすく》めるような、鋭い目に残忍な光がぎらついている。

上月は中肉中背《ちゅうにくちゅうぜい》、平板な、目立たない顔立ちだった。

「今日、一朗太殿が、風祭村に浪人としか見えない二本差しと共にやってきて、嘉作爺さんと半時ほど話し、引き揚げたそうだ。さっき、そのことを村に監視役として残しておいた仲間が知らせにきた。上月さん、事は箱根関所を占拠するところまですすんだ」

上月が応じる。

「小太郎殿の頑張りで、軍資金はたっぷりある。後は」

次のことばを小太郎が引き継いだ。

「後は〈箱根関所は占拠した。箱根は難なく通過できる。志《こころざし》あらば、我らとともに江戸幕府を倒すべく、立ち上がってもらいたい〉旨《むね》を記した書状を、箱根から名古屋までの間の、外様《とざま》ならびに幕府に不満を抱いている大名家に、風魔党の早足自慢の者たちを走らせて、届けさせた。書状の受け取りを拒んだ大名は一家もない。早足の者たちも、皆、無傷でもどってきた」

「大名たちは、箱根関所が、書面通り、風魔党に占拠されているか、探《さぐ》りを入れているはずだ。決起する大名は必ずいる。積年の冷遇に、不満を抱いている大名は数多くいる」

薄ら笑って、小太郎がいった。

「上月さん自身が積年抱いていた恨み、つらみの思いから、此度のことが動き出した。大名たちのなかにも、上月さんと同じ思いを抱いている者は何人もいるはず。そう断じて、私は立ち上がったのだ。風魔党を、今一度、この世の表舞台に立たせるためにな」

厳しい口調で、小太郎が告げた。

「この際、はっきりさせよう。一朗太殿を野放しにしておくわけにはいかぬ。我らの味方に引き入れてもらいたい。もし、味方にはならない、と一朗太殿がはねつけたときは」

「どうするつもりだ」

冷酷さと残忍さを剝《む》き出し、目を大きく見開いて、雄之助を見据《す》え、小太郎が吠《ほ》えた。

「大事《だいじ》の前の小事《しょうじ》。容赦《ようしゃ》はせぬ」

激したのか、雄之助が声を高めた。

「一朗太の命を、小事扱いするのか。許せぬ」

「大名家とのつなぎはできた。後は待つだけだ。目的を果たすためには鬼にも蛇にもなる。邪魔になる者は殺す。それがおれの、風魔小太郎の信条だ」

雄之助を見据えた小太郎の目に、極悪非道、鬼畜《きちく》の本性《ほんしょう》が浮き出ていた。

その眼光に備《そな》えた威圧に耐えかねて、雄之助は無意識のうちに目を背《そむ》けていた。

そんな雄之助の耳に、勝ち誇ったかのような小太郎の高笑いが入り込み、響き渡って、脳天を駆け巡った。

三

吉野の屋敷を出たところで、隼人は与八に声をかけた。

「気になることがある。ここで分かれよう」

立ち止まって、与八が訊いた。

「何が気になるんで」

「上月一朗太のことだ。父御は箱根横目に任じられている」

「上月さんのお父《とっ》つぁんも、風魔に殺された。そういうことですかい」

「それなら、まだいい」

「まだいい？　よく分からねえなあ。いったい、どういうことなんで」

「箱根伴頭《ばんとう》の松永弦太郎《げんたろう》は三日前には殺されていた。上月殿の父御は、二日前まで生きていて、嘉作爺さんの住まいに顔を出している。もっとも箱根横目は、箱根山中に点在する各関所に詰める番士たちを監督、査察するのが仕事だ。あちこち歩きまわっていて、たまたま風魔の網の目にひっかからなかっただけかもしれない」

隼人は与八に、隼人が上月雄之助に疑念を抱いたわけを話した後、告げた。

「これから屋敷に出向いて、陰ながら上月殿を警護してやろうと思っているのだ。与八がつけた風祭村の村人が、箱根関所へ行ったということは、そ奴も風魔の仲間だとみるのが妥当だろう。風魔小太郎が、村人たちを見張るために、風祭村に残した。おれは、そう見立てる」

「わかりやした。いったん、ここで分かれしょう。悪いけど、あっしは、宿で暖かい晩飯を食わせてもらいます。その後、宿屋に頼んで、旦那《だんな》の食べそこなった晩飯で握り飯を作ってもらい、持ってきます。ひょっとしたら、旦那は晩飯を食いっぱぐれるかもしれねえ。上月さんの屋敷の近辺には、食い物屋はないかもしれませんぜ」

笑いかけた与八に、笑《え》みをたたえて隼人が応じた。

「そうしてくれるとありがたい。じつは、おれも晩飯抜きになるんじゃないか、と不吉な予感にかられていたところだ。腹が減っては戦《いくさ》はできぬ、だ。戻ってくるのを待っているぞ」

「待っているのは、あっしじゃなくて、握り飯のほうでしょう」

　にやりとして、つづけた。

「せいぜい腹を空《す》かせて、待っていておくんなさい。それじゃ、あっしは、伊豆《いず》見屋《みや》へ急いで帰りますぜ。あ～あ、旦那の思いつきのおかげで、今夜は大忙しだ。忙しい忙しい」

　歌うように喋《しゃべ》りながら、与八はさっさと歩き出した。

　笑みを浮かべて見送った隼人が、

「さて、行くか」

　独り言ちて、歩き始めた。

　与八が伊豆見屋にもどると、女中が、

「お連れさんがお着きですよ」

　と声をかけてきた。

「そうかい。それより、今夜は野暮《やぼ》用で旦那は帰ってこない。旦那の晩飯を使って、握り飯をふたつほど作ってほしい。飯を食った後、旦那と落ち合うことになっている。そのときに、渡すから竹の皮に包んどいてくれ」

「用意しておきます。出かけるときに、声を掛けてください」

「頼んだよ」

念を押して、与八は泊まっている二階の部屋へ向かうべく、階段を駆け上った。

襖を開けると、所在《しょざい》なさげにお藤が座っていた。

「お藤、遅かったな」

声をかけた与八に、ふくれっ面《つら》でお藤がいった。

「何だよ、声もかけないで。ここはあたしの、女の部屋なんだよ。宿について旦那の名前をいったら、女中がこの部屋に案内してくれたんだ」

呆れて、与八がいい返した。

「部屋のなかを見れば、わかるだろう。おれや旦那の荷物が置いてあるだろう。おまえの部屋は、いつものように、隣だよ」

話しながら、向かい合って胡座《あぐら》をかいた与八に、お藤が訊いた。

「旦那は、どうしたんだい。一緒じゃなかったのかい」

「旦那は急な用事を思いついて、張り込む先へ向かっているはずだ」

「急な用事って？」

問いを重ねたお藤に、与八が、かいつまんで小田原についてからの顚末《てんまつ》を話してやった。

聞き終えて、お藤がいった。

「あたしも大変だったんだよ。薬売りふたりに、しつこくつけ回されて、結局、川崎宿までもどって旅籠《はたご》に上がり、二晩泊まって、翌朝明六つに旅籠から出てきたら、つけてきたふたりの姿は消えていたのさ。おそらく、あたしが囮《おとり》だということに気づいたんだろうね。その後、大磯宿《おおいそ》で一泊して、今日、昼八つすぎに小田原宿に入ったのさ。旦那と与八親分がどこに泊まっているかわからないから、歩きまわるつもりでいたら、江戸口見附を過ぎて最初にある町、新宿《しんしく》でみつけられた。助かったよ」

「そいつは大変だったな。疲れてるだろうから、今夜はぐっすりと眠りな。おれは、晩飯を食った後、旦那の晩飯がわりの握り飯を持って、旦那と落ち合うことになっているんだ」

目を輝かせて、お藤がいった。

「あたしも一緒に行くよ。旦那と会いたいんだ。しばらく見なかったから、顔を忘れそうだよ」

呆れ返って、与八が応じた。

「何が顔を忘れそうだ、だ。藤沢宿以来六日も過ぎちゃいねえぜ」

「駄目《だめ》だっていっても、ついて行くよ」

突っ慳貪《けんどん》な、お藤の口調だった。

にやり、として与八が軽口を叩いた。

「やっと、いつものお藤にもどったな。ま、いいだろう。修羅場《しゅらば》になることもないだろうから、ついてきな。旦那も、お藤の顔を見たら、喜ぶだろうよ」

「ほんとかい。紅《べに》ぐらい、つけていかなきゃいけないね。髪のほつれも直さなきゃ。急に忙しくなってきた。隣の部屋で、お色直しをしてくるよ」

艶然《えんぜん》と微笑《ほほえ》んだお藤が、せわしそうに腰を浮かせた。

隼人は天神小路《てんじんこうじ》の上月一朗太の屋敷の出入りを見張ることができる、通りをはさんで斜め右にある藩士の屋敷の、塀の陰に身を寄せて立っていた。

隼人の顔が、こころなしか強ばっている。

すでに上月雄之助らしい男が、屋敷に帰ってきていた。それもひとりではない。

長脇差《ながわきざし》を帯びたやくざ風の男が三人、したがっていた。三人の顔に見覚えがあった。

三人は、隼人たちをつけていた薬売りだった。

(上月一朗太の親父殿は、やはり風魔とかかわりを持っていたのだ)

そう判じた隼人の脳裏に、訪ねていったときに、一朗太を見て嘉作が発したことばが蘇《よみがえ》った。

「父上さまから頼まれて、こられたのですか」

さらに嘉作は、風魔小太郎の名を継いだ岩松《いわまつ》に、みょうな考えを吹き込んだ人物がいた、と話したにもかかわらず、一朗太に厳しく追及されても、決してその名を明かさなかった。

(おれがそばにいたから、明かせなかったのだ。風魔小太郎をたきつけ、軍資金調達の手段として、分限者《ぶげんしゃ》の屋敷に押込んで金品を強奪することを教えたのは、上月雄之助だということを)

そう推断した隼人の思考は、背後から近づいてくる足音によって、断ち切られた。

歩調の違う足音が入り混じっている。

（やってくるのは、ふたりだ。殺気は感じない）

油断は禁物であった。

大刀の鯉口《こいぐち》を切り、柄《つか》を握って、隼人はゆっくりと振り向いた。

男と女の黒い影が見えた。

その影を、雲間から顔を出した月輪《げつりん》が、淡い光で浮かび上がらせた。

与八とお藤だった。

隼人に気づいて、与八が竹の皮の包みを掲《かか》げてみせた。

塀に躰《からだ》を寄せたまま、隼人が二人に歩み寄る。

隼人の様子から、異変が起きていることを察したのか、与八とお藤も塀に身を寄せ、隼人に近寄っていく。

隼人はお藤とふたり、塀に背中をもたれて座り込んでいた。隼人のいた場所で、与八が上月の屋敷を見張っている。

残るひとつの握り飯を、隼人が食べ終えたとき、与八が手を振った。

落ち合ったときに決めた、一朗太が帰ってきたことを知らせる合図《あいず》だった。

立ち上がった隼人は、与八に歩み寄った。

一朗太が板葺《いたぶ》き屋根の木戸門《きどもん》の、片開きの扉を開け、入って行くのが見えた。

すでに夜四つ（午後十時）は過ぎていた。おそらく一朗太は松永たちと、今後どうすべきか、話しあっていたのだろう。

近寄ってきたお藤に隼人が小声で告げた。

「修羅場になっても、ここを離れるな」

無言で、お藤がうなずく。

すでにふたりには、やくざの出《い》で立《た》ちに変わっているが、隼人たちをつけ回していた三人の薬売りが、一朗太の父御とおもわれる武士にしたがって、屋敷に入っていったことをつたえてあった。

「屋敷に入るぞ」

与八に声をかけ、隼人は上月の屋敷へ歩み寄った。

木戸門の扉は、押すと、いとも簡単に開いた。

隼人と与八が屋敷に足を踏み入れる。

そのとき、突然、

「貴様ら、何をする」

怒号《どごう》が響くのと、何かがぶつかって、雨戸《あまど》が外側へ外れるのが、ほとんど同時だった。

地面に雨戸が激突して、弾《はず》んだ。その衝撃で雨戸にもたれかかっていた黒い影が弾《はじ》かれ、転がった。うつ伏《ぶ》せになった背中に、深々と断ち切られた傷跡が見えた。

抜き放った大刀を手にした一朗太が、庭に飛び出してきた。

追いかけてふたりが、庭に降り立つ。

抜き身の長脇差を手にしていた。

一朗太がわめく。

「繁五郎《しげごろう》、寅吉《とらきち》、なぜ、父上を斬った。深い付き合いであったのに、なぜだ」

せせら笑って、寅吉がこたえた。

「お頭《かしら》・風魔小太郎さまの命令よ。できの悪い息子が、仲間に入らないと言い張ったら、父子ともども斬り殺せ。生かしておいても、いずれ邪魔になるだけの奴らだ、ともな」

繁五郎が背後を見て、吠《ほ》えた。

「紋太《もんた》、長脇差も抜かずに、何をしている。お頭から裏切り者として、斬り殺されるぞ」

紋太が、おずおずと出てきた。

「厭《いや》だ。もう厭だ。殺されてもいい。一朗太さんとおれは、幼いころ、お千代と三人で遊んだ仲だ。斬ったはったは、もう厭だ。もとの穏やかな暮らしにもどりたい」

震え声で呻いた。

寅吉がわめく。

「裏切り者め。後で始末《しまつ》してやる。そこで待っていろ」

振り向いて、寅吉が凄《すご》んだ。

「一朗太、おれが引導《いんどう》渡してやる。おれは、おまえの親父は大嫌いだった。侍風を吹かせて、いつも偉そうだった。後ろから背中を断ち割ってやったときは、溜《りゅう》飲《いん》が下がって、いい気持だったぜ。今度はてめえの番だ。一寸《いっすん》刻み五分《ごぶ》試し、苦しませながら、じわじわと死なせてやらぁ」

斬りかかろうと身構えた瞬間。

「そうはさせぬ」

声が上がり、植え込みの後ろから隼人が現れた。

繁五郎が怒鳴る。

「風祭村へきた浪人というのは、やはり貴様か。風魔小太郎さまは、すべてお見通しよ。おれたちを送り出すときにこういわれた。『つけ回すだけにしろ、と命じたばかりに、逃げ回ることしかできないで、口惜しい思いをさせた。今夜、あの旗本が現れたら、思う存分戦って、斬り殺してこい』、とな。貴様を斬る」

隼人は、柄を握っているだけで、まだ刀を抜いていなかった。

「斬れるかな」

不敵《ふてき》な笑みを浮かべた。

「死ね」

吠え立てた繁五郎が、一跳《と》びして斬りかかった。

隼人は、その場を動かなかった。ふたりの躰が交錯した瞬間、隼人の腰間《ようかん》から鈍色《にびいろ》の光が迸《ほとばし》り、繁五郎のわき腹を一直線に斬り裂《さ》いていた。

血を噴き散らし、傷口からずり落ちそうになる内臓を押さえながら、繁五郎が崩れ落ちた。

激しく痙攣《けいれん》する。

次の瞬間、目を剝《む》いて、息絶えた。

「繁五郎さんを殺《や》ったな」

憤怒《ふんぬ》の形相《ぎようそう》凄《すさ》まじい寅吉が、高々と空に飛んで、上段から斬りかかった。

振り下ろされた長脇差を、下から突き上げた隼人の大刀が弾き飛ばし、突き出した勢いにまかせて、寅吉の腹に突き立てていた。

何度も突き上げ、突き立てる。

火消しの纏《まとい》持ちが纏を振るように、隼人は寅吉を、腹部に突き刺した大刀で何回も振り回し、躰から大刀を抜き取った。

投げ飛ばされた寅吉は、そのまま壁にぶつかって、落ちた。

突然……。

庭に駆け下りた紋太が、雄之助の骸に駆け寄り、わめいた。

「上月さま、お許しください。死んでお詫《わ》びを」

長脇差を引き抜き、自分の首に押し当てようとした。

その手を摑《つか》んで、一朗太が押さえつける。

「紋太。お千代が悲しむ。死んではならぬ」

声高《こわだか》に告げた一朗太が、さらに紋太の腕をねじ上げた。

紋太がとりおとした長脇差が、地面に落ち、はじけて、転がる。

一朗太のそばにきて、隼人が告げた。

「今夜の件、見て見ぬふりをする。吉野殿には、上野雄之助殿は病にて急死と話しておく。おれと口裏を合わせるのだ」

「仙石《せんごく》様、かたじけない」

深々と頭を下げた一朗太に、隼人がさらに告げた。

「紋太の身を、上月殿に預ける。よろしいな」

「承知仕《つかまつ》った。身命《しんみよう》を賭《と》して、紋太の身を預かります」

振り向いて、紋太の襟首《えりくび》を摑んだ一朗太が、

「紋太、仙石様に御礼申し上げるのだ」

襟首をおさえつけ、無理矢理頭を下げさせて、自分も頭を下げた。

そばに立った隼人が、ふたりを凝然《ぎようぜん》と見つめた。

植え込みの後方に立った与八が、笑みを浮かべて隼人たちに目を注いでいる。

四

箱根関所の門の前には、開門を待つ旅人たちが、群れていた。

が、関所のなかには、ひとりの番士の姿も見当たらなかった。

なかをのぞき込んでいた旅人のひとりが首を傾げて、つぶやいた。

「いつもなら開門されている刻限なのに、番士のひとりも見当たらない。どうしたんだろう」

視線の先には、無人と見える関所のなかの光景が広がっている。


箱根関所の大番所や、上番の休息所のある建物の中庭に、関所番士たちが整列していた。建屋《たてや》の回廊に、番士たちを睥睨《へいげい》して、風魔小太郎が立っている。

小太郎が口を開いた。

「昨夜、裏切り者として上月雄之助を処断した。刺客《しかく》として送り込んだ繁五郎、寅吉、紋太の三人がもどってきていない。おそらく相打ちで果てたのだろう。いずれも惜しい者たちであった。冥福《めいふく》を祈るしかない」

ことばを切って、小太郎は目を閉じた。経文《きょうもん》でも唱えているのか、唇だけが、かすかに動いている。

やがて、目を大きく見開いて、小太郎が声を高めた。

「今朝方、風祭村に小田原藩の藩士たちが突然やってきた、温泉のお湯集めのために必要な人足たちを徴集しにきた。監視のため、村に残しておいた孫助《まごすけ》が、隙《すき》をみて抜け出し、知らせてきた。何でも、このたび献上した湯が、将軍の気に染まなかったのか不興《ふきよう》をかい、叱責《しっせき》されたので、新しい源泉を求めて、各所の源泉を集め、お湯検《あらた》めをすることになったそうだ。人足《にんそく》の拠出元として選ばれた村は、風祭村のほか、板橋一帯からも徴集されている。藩士たちの説明に嘘はないのだろう」

一呼吸おいて、小太郎が声高に告げた。

「箱根以西の外様大名たち、尾張《おわり》藩、駿河《するが》城代ならびに加番《かばん》など八代将軍吉宗に敵愾《てきがい》心を抱く方々に、『すでに箱根関所を占拠した。倒幕のため江戸へ下るときは難なく箱根関所を通過できる』旨を認《したた》めた書状を、早足自慢の者たちに持たせて届けてある。早足の者たちは皆、無傷でもどってきている。書状を受け取った先に、我らに敵対する心がない証《あかし》だ。いずれ色よい返事をもらえるだろう。もう少しで、我らは望みを達成できる。目的成就《じようじゆ》まで戦い抜くしかない」

小太郎のことばにこたえて、風魔党の者どもが、勝ちどきの声を上げて、こたえた。

ふてぶてしい笑みを浮かべて、小太郎が満足げに配下たちを見下ろしている。

そのころ、風祭村では、突然、一朗太の代人《だいじん》として訪ねてきた与八とお藤を、お千代《ちよ》が戸惑《とまど》いを露《あら》わに迎えていた。

「外で話を伺います」

そういって、住まいから出てきたお千代は、お湯集めの人足にかり出されて、人気のない村のなかほどに立つ、大木の下で立ち止まった。

足を止めた与八とお藤を振り返る。

口を開いたのは、お藤だった。

「上月さまの屋敷まで、一緒にきてほしいんだ。いい人が待っているかもしれないよ」

「いい人？　まさか」

いま、この里では口に出すのは、憚《はばか》られる人の名であった。次に発することばを呑《の》み込んだお千代が、切なげな眼差《まなざ》しでお藤を見つめた。

女同士、お千代のおもいは、お藤にしかと届いていた。

「そのまさか、さ。も、の字さんだよ。幼なじみの一朗太さんからの、贈り物だよ」

歓喜に、お千代の頬《ほお》が赤く染まった。

「行きます。支度をしてきます。待っていてください。お願い。必ず待っていて」

哀願《あいがん》したお千代が、踵《きびす》を返して、走り去っていく。

見送って、お藤がつぶやいた。

「吉と出るか、凶と出るかわからない。旦那と一朗太さんからの頼みごとだけど、因果《いんが》な役目を引き受けちまった。どうなるんだろう、このふたり」

いつになく、しんみりした、お藤の物言いだった。

ぼそり、と与八がつぶやいた。

「おれは、惚れた女を取り合って喧嘩《けんか》をした。やり過ぎて、結果、咎人として江戸所払《ところばら》いになっちまったが、悔いはねえ。いまでも、惚れた女の夢をみる」

お藤は、何もいえなかった。ちらり、と与八に視線を走らせただけだった。

与八は遙《はる》か遠くを見ていた。

そんな与八の視線の先には、惚れた女がいる。与八は、いま惚れた女と束《つか》の間の逢い引きをしているのだ。お藤には、そう感じられた。

お藤は、お千代が走って行った先に、ゆっくりと視線をもどした。

藩士ひとりが付き添った、荷台に大樽を縛りつけた大八車が、小田原城大手門前の広場から次々と出発していく。

風呂敷包みを提《さ》げた隼人と吉野が、堀沿いに立つ木の傍《かたわ》らに、肩をならべて立っていた。

「箱根宿と小田原宿の旅籠には、箱根関所の修復普請《ふしん》のため、明日は関所は通れぬ、と書いた回状を回しました。お藤殿や与八殿を乗せてくれる芦《あし》ノ湖《こ》を漁場とする船頭を手配してくれるよう、土地の網元に頼んであります。万事、抜かりなくすんでおります」

「それはありがたい。こちらも、よき道案内が見つかりました。風祭村の猟師で箱根山中の獣道《けものみち》までも知り尽くしている者です」

「病で山中に倒れていた上月雄之助を、屋敷まで運びこんでくれた男、と聞きましたが、信頼できる手合いですか」

「私は信頼しています、残念ながら上月殿は、手遅れで病死されたが、よき助《すけ》っ人《と》を連れてきてくれた、とありがたくおもっています」

ほとんどが上月家と紋太を助けるための、嘘も方便《ほうべん》の、隼人の作り話であった。

ただひとつ、本当のことがあった。昨夜、紋太は箱根関所の近くまで道案内する、と自分から言い出してくれた。地理不案内の隼人は、喜んで、受け入れたのだった。

隼人の手にした風呂敷包みが気になったのか、吉野が訊いてきた。

「その風呂敷包みには、何が入っているのですか」

「袴と脚絆です。斬り込み隊に加わった連中に、たっつけ袴と脚絆を身につけるよう命じた私が、着流しでいるわけにはいきません」

笑みをたたえて、吉野がいった。

「気遣い、ありがたいかぎり。そうそう。報告が遅れたが、申し入れられたとおり、抱大筒と弾丸、火薬玉は、上月の屋敷に運びこんでおきました」

「大樽と大八車、付き添いの藩士の方々、大樽に積み込む食料と武具、風祭村と板橋からの人足の徴集。すべての手配りの抜かりなさに感服しています」

笑みを返して、隼人が告げた。

隼人が、上月の屋敷にもどると、紋太にあてがわれた部屋で、与八とお藤、紋太とお千代が待っていた。

隼人の顔を見るなり、与八が声をかけてきた。

「旦那、困りました。紋太とお千代を引き合わせたところまではよかったが、紋太がおれたちと行くとつたえたら、お千代が自分も一緒に行く。紋太さんと離れたくない。戦いの場に向かうと聞いた以上、譲《ゆず》れない。これで今生《こんじょう》の別れになるかもしれない。紋太さんが死んだら生きてはいけない。死ぬ時は一緒に死にたいといいだして、きかないんで」

「それは、どうかな。むずかしいところだな」

煮えきれない様子で隼人が首を傾げた。

お藤が口をはさんだ。

「連れていったほうがいいと思うよ。お千代ちゃんは、一緒に死にたい、といっているんだ。たとえ死んでも、同じ場所にいれば、息を引き取るときに、手をつなぎ合って死んでいけるじゃないか。それはそれで幸せなんだよ、たとえ一瞬でも、幸せになれるんだよ」

お千代が身を乗り出した。

「死ぬときは一緒に死にたいんです。連れていってください。もう紋太さんと離れるのはいや」

うむ、と隼人が首を傾げた。

ややあって、顔を向けて、訊いた。

「紋太は、どうなんだ」

「お千代には生きていてもらいてえ。だけど」

つづくことばを遮《さえぎ》って、お千代が甲高い声を上げた。

「紋太さんが死んだら、あたしも死ぬ。後を追って死ぬ」

「お千代。それほどまでにおれのことを」

「昔から、何度もいってるじゃない。あたしは紋太さんのお嫁さんになるんだ。夫婦になるんだって」

「旦那」

お藤が、短く呼びかけた。

隼人がお藤に目を向けた。

お藤の目が潤《うる》んでいる。いまにも、その目から涙がこぼれ落ちそうに見えた。

隼人が、横を向いて、目を閉じる。

目を開けて、隼人が、うむ、とうなずいた。

おのれを得心《とくしん》させるための所作《しょさ》だった。

一同を見渡して、隼人が告げた。

「連れて行こう。紋太、舟は漕《こ》げるか」

「小さな漁船ぐらいなら操れます」

一同に視線を流して、隼人がことばを継いだ。

「お千代はお藤のそばにいて、なんでもいい、手伝ってくれ。お藤とお千代の乗る船の船頭は、紋太、おまえがつとめるんだ」

「わかりやした」

目を輝かせた紋太に、

「紋太さん」

名を呼んで、お千代が紋太に身を寄せた。

「旦那」

うっとりした目で、お藤が隼人を見つめる。

顔を背けて、与八が、誰にも聞こえないように小さな声でつぶやいた。

「困ったもんだ。お藤の、旦那への恋心が、もう一段、燃え上がったぜ」

ざわめきが静まるのを待って、隼人が告げた。

「出発するぞ。明日の夜明け前には、箱根関所近くにいなければならぬ。急ごう」

それまでとは、打って変わった厳しい面持《おもも》ちで、皆が一斉《いっせい》に立ち上がった。

夜が白々と明け初めている。

そこには、墨絵ぼかしの、芦ノ湖の光景が広がっていた、

すでに箱根関所は動き出していた。

が、いつもは気の早い旅人の姿が、江戸口御門と京口御門の前にちらほら見えるのに、今朝はなぜか、大樽を積んだ大八車が江戸口御門と京口御門にそれぞれ四台ずつ置かれていた。

昨夜遅く、箱根関所に何の断りもなく、置かれた大八車だった。が、あらかじめ手配してあったのか、牽いていた、人足としてかき集められた風祭村と板橋の村人たちが、近くの安宿へ入っていくのを遠見番所の足軽たちが見届けていた。

大八車が置いてある理由が、各所の源泉をくみ出すため、とはっきりしているせいか、箱根関所の者たちは、放置されていることに何の疑念も抱いていなかった。

箱根関所内に建てられた諸番所より、小高い丘状の山腹に設けられた遠見番所は、関所では唯一の二階建ての建屋だった。

二階には、四方に大きな窓がしつらえられ、足軽がふたり一組で、二六時中、芦ノ湖の街道沿いを見張りつづけていた。足軽に見えるが実体は足軽に化《ば》けた風魔だった。

今朝も、遠見番所にふたりの足軽が詰めていた。

この刻限は、いつもは人馬の往来はほとんどなく、見張るには退屈極まる合間だった。

が、この日は違った。

遠見番所に詰めているふたりが、同時に声を上げた。

「何者かが芦ノ湖を舟で渡っている」

「女だ。女が舟に乗っている。ふたりだ。女がふたり、乗っているぞ」

「芦ノ湖を、舟に乗って渡るのは禁じられている。関所破りだ」

下にある諸番所に向かって足軽が怒鳴った。

「関所破りだ。取り締まれ」

その声に番所から数人の役人たちが飛び出してきた。役人も、風魔党の者たちであった。

舟に乗っているのはお藤とお千代、櫓《ろ》を漕いでいるのは紋太だった。

遠見番所からは、どんなに目を凝《こ》らしても、顔までは分からなかった。

さらに見極めようと、身を乗り出した足軽が瞠目《どうもく》して吠《ほ》えた。

「もう一艘、舟が岸辺沿いに近づいてくる」

次の瞬間……。

「あれは何だ。抱大筒だ。抱大筒を構えているぞ」

足軽が目を見張った瞬間、轟音《ごうおん》が轟《とどろ》き、抱大筒から発射された砲弾が火の玉となって、遠見番所に向かって飛来してくる。

抱大筒から二発、三発と砲弾がつづけて発射された。

砲弾が次々と遠見番所に命中する。

破壊され、遠見番所が燃え上がった。

関所内のあらゆる番所から、役人たちが押《お》っ取《と》り刀で飛び出してくる。いずれも役人たちに化けた風魔党の面々だった。

ひとりが仰天して、絶叫する。

「お湯樽が燃えている。京口御門に突っ込んでくるぞ」

もうひとりの役人もわめいた。

「江戸口御門の大八車も燃えているぞ。突っ込んでくる」

燃えているのは、大樽だった。

燃え上がる大樽ごと大八車が、江戸口御門に突っ込んでくる。

江戸口御門と京口御門の前に置いてあった大八車は、それぞれ四台ずつ、合わせて八台が、江戸口御門と京口門を破壊し、炎上させた。

門を破壊し、燃え上がらせた大八車が関所のなかで止まる。

大八車の後ろから、押してきた斬り込み隊の面々が、抜刀《ばっとう》しながら飛び出してきて、風魔たちに斬りかかった。斬り込み隊の面々は、たっつけ袴に脚絆を穿《は》いた、同じ出で立ちだった。

隼人は、お藤たちを、紋太が船頭を務める舟に乗せた後、網元から推挙された船頭の操る舟に与八とともに乗り込んでいた。隼人はいつもの着流し姿ではなかった。袴をつけ、脚絆を穿いている。

芦ノ湖畔沿いにすすんでもらって、抱大筒で、遠見番所に砲弾を撃ち込み、破壊した後、舟を大番所の裏手に向かわせて接岸し、与八とともに上陸した。

すでに斬り込み隊は斬りこんでいた。

逸《はや》る心を抑えて、隼人は船頭に告げた。

「速《すみ》やかに、ここから離れて、引き揚げてくれ。もたもたしていたら、巻き添えをくう。抱大筒は、後から藩士の誰かに取りに行かせる。網元の屋敷に預けておいてくれ」

「わかりやした。引き揚げさせてもらいます」

会釈《えしやく》した船頭が竿で土手を突いて、湖上に舟をすすめたのを見届けて、走り出した。

少しいったところで、足を止めた。

ついてきた与八も動きを止める。

「どうしなすった」

訊いてきた与八に、

「あそこだ。見ろ」

番所の裏手、外壁沿いに、土が掘り返され、埋め戻された跡があった。

「与八は、土が埋めもどされたところを、掘り返して調べてくれ。箱根関所の伴頭たちが埋められているかもしれぬ」

「わかりやした」

「おれは行く」

声をかけて、隼人は駆けだしていった。


松永は風魔のひとりを袈裟懸《けさが》けに斬り倒していた。

背後から風魔が斬りつけてきた。

身を躱《かわ》した松永が、体勢をくずして、よろける。

別の風魔が突きかかってきた。

その切っ先を払おうとした松永だったが、一瞬遅かった。

別の風魔の突き出した切っ先が、松永の背中から胸元を貫いていた。

松永が力を振り絞って、逆手に握り直した大刀を、背後の風魔に向かって突き出した。

突き出した切っ先は、風魔の胸の下から背中へと突き出ていた。

互いに突き刺し合ったまま、よろける松永に、近くで敵と斬り結んでいた一朗太が気づいた。

鍔迫《つばぜ》り合いになった相手の足を、一朗太が踏みつけた。

今度は、痛みに呻いた風魔の向こう臑《ずね》を蹴りあげる。

堪《た》えきれずに膝《ひざ》をついた風魔に、後退《あとずさ》りながら、袈裟懸けの一撃を炸裂《さくれつ》させた。

首の付け根を断ち切られた風魔が、噴き上がる血潮に、顔を真っ赤に染め上げて絶命し、その場に頽《くずお》れる。

互いに相手のからだに刃を突き立てあったまま、横倒しに倒れた松永に、一朗太が駆け寄った。

「一朗太、頼む。弟に、大二郎《だいじろう》に家督《かとく》相続を、相続の手続き、頼む」

そこまでだった。

くわっ、と目を見開いたまま、激しく痙攣《けいれん》し、松永が絶命した。

駆けよった一朗太が、片膝をついて、松永に話しかける。

「松永、許してくれ。父は、父は皆を裏切り、このような大事を。償《つぐな》いはする。大二郎の家督相続に、この命ある限り、力を貸すぞ」

「無理だな。貴様はここで死ぬ」

振り向いた一朗太の顔が恐怖に歪《ゆが》んだ。

浴びた返り血で、頬や着物に真っ赤な血の水玉模様をつくった、風魔小太郎が背後に立っていた。

「十人、斬り捨てた、裏切り者の父の後を追え」

吠えるや、大刀を振り上げ、一気に振り下ろした。

もはやこれまで、と一朗太は観念《かんねん》して目を閉じた。

次の瞬間、小太郎の刀を、刀で受け止める、鋼《はがね》が激突する音が響いた。

大きく見開いた、一朗太の目に飛び込んできたのは、受け止めた刃を押し上げる隼人の姿だった。

「仙石様」

小太郎を見据えたまま、隼人が告げた。

「横転して、逃れろ」

うなずいた一朗太が、横に転がって逃れ、立ち上がった。

横目で見届けた隼人が、いきなり小太郎にすがりつくように倒れ込んだ。

上から押さえ込んでいた小太郎が、急激に抜けた力に前屈《まえかが》みになった。

小太郎の大刀の切っ先が、土に深々と沈みこむ。

小太郎の腹の下に潜《もぐ》りこんだ形になった隼人が、脇差を抜き、小太郎のへそ近くに突き立てた。

真横に斬り裂く。

小太郎が苦しげに喘《あえ》いだ。

力が尽きたか、刀が、小太郎の手からずり落ちた。

落ちた刀を避けて、隼人が小太郎の下から転がり出た。

立ち上がって、周囲を見渡す。

骸があちこちに転がっていた。

何人か逃げたかもしれないが、見たところ風魔で生き残っている者はいないようだった。

斬り込み隊の面々も、立っている者はわずかだった。

松永の骸のそばに、呆《ほう》けたように立ち尽くしている一朗太に、隼人が檄《げき》を飛ばした。

「上月殿、行方がわからなかった箱根伴頭の松永殿や、ほかの箱根番の方々の骸が大番所の裏手の外壁の下に埋められている。明日から箱根関所を再開しなければ、此度の騒動が表沙汰になる怖れがある。生き残った者たちを集め、直《ただ》ちに骸を片付け、葬って、何事もなかったように見せかけねばならぬ。急げ。時が惜しい」

「委細承知。すぐ皆を集めます」

回りを見渡して、一朗太が呼びかけた。

「風魔党の頭領、風魔小太郎は、仙石殿が成敗《せいばい》された。後始末を始めなければならぬ。集まってくれ」

呼びかけに応じて、斬り込み隊の生き残りが集まってきた。

そんな一朗太と斬り込み隊の様子を、隼人が厳しい眼差しで見据えている。

五

江戸に帰ってきて十日が過ぎた。

隼人は、屋敷の縁側に腰をかけ、ぼんやりと青空にたゆたう雲を眺めている。

脳裏で小田原での探索の経緯《ゆくたて》を振り返っていた。

斬り込み隊三十五人のうち、十五人が斬り死にしていた。家老の吉野は、斬り死にした藩士たちをすべて、

［病にて急死］

扱いにし、家禄《かろく》を安堵《あんど》している。松永の家も、すんなりと弟の大二郎の家督相

続が認められた。

箱根関所の大番所裏手の外壁の際に埋められていた、箱根番頭松永弦太郎たち非番あけの箱根番、交代するために箱根関所に出向いた箱根番たちも、斬り込み隊と同様に家禄安堵の処置がとられた。

問題になったのは、紋太の扱いであった。

「憎《にく》い風魔の片割れ。処断は小田原藩にまかせてもらいたい」

と頑強《がんきょう》に言いつのる吉野と、

「あくまでも、江戸や街道筋を荒らした盗っ人一味の片割れとして江戸で裁く」

とはねつける隼人が対立し、最後は、

「これ以上、話し合っても、無為に時が過ぎるだけ。元をたどれば、小田原宿で風魔が盗みを働いたときに、徹底的に探索し、落着していれば、後の東海道から江戸で起きた風魔による連続押込みはおきなかったはず。これらの責任をどうとられる」

と隼人が強談判《こわだんぱん》して、紋太を裁きにかけるために江戸へ連行する、との名目をつくり、お千代はお藤の家で住み込みで働かせるとの口実をつけて、与八、お藤に、紋太とお千代を加えた旅を重ね、江戸へもどってきたのだった。

江戸にもどって二日目には南町奉行所の一間で、忍びでやってきた吉宗と大岡に、盗みを働きつづけ、箱根関所を占拠した風魔小太郎率いる風魔党を退治したことを報告して、一件落着とした隼人であった。

吉宗と大岡には、あえて紋太のことは報告しなかった。

改心し、箱根関所に攻めこんだときには、裏関所を使う道筋を使って案内してくれ、難なく芦ノ湖に着くことができた。

お藤たちを乗せた舟を芦ノ湖に漕ぎ出させ、物見役ともいうべき遠見番所の注意を引きつけることができたからこそ、抱大筒を積んだ舟を箱根関所近くまでこぎ寄せることができた、と隼人は判じている。

紋太は風魔小太郎とその一味の殲滅《せんめつ》に貢献した、陰の功労者だと。隼人は考えている。

(功労者の紋太。お藤とともに舟に乗ってくれたお千代。このふたり、何が起きても、必ずおれが守ってみせる)

そう決めている隼人だった。

いま紋太は、与八の口利《き》きで、大工の棟梁《とうりょう》のところで働いている。

お千代は、お藤のところに通いの女中として通っている。

与八がふたりの請《う》け人《にん》を引き受け、知り合いの大家ら話をつけて、裏長屋で暮らしていた。

（そろそろ仕掛けてくるころ。吉野は、ああ見えてもなかなかの曲者《くせもの》。簡単には引き下がらないだろう）

隼人は、そう推量していた。

今日は何の用があるのか、大岡が忍びでやってくるとの知らせが、昨日、与八からもたらされていた。

（まず、昼前にくることはないだろう。昼前は南町奉行として、千代田城に登城している）

そう思いながら、風まかせに気儘《きまま》に漂っている雲の流れを楽しんでいる隼人だった。

が、隼人の予測は者の見事に外れることになる。

老用人の舛尾喜右エ門《ますおきえもん》が、あたふたと廊下を走ってきて、

「与八さんがやってきた。大岡様が、一緒に出かけたいところがあるので、門の前で待っておられるそうです」

と伝えらきたのだ。

あわてて支度をして、式台に行くと与八が立っていた。こころなしか、青ざめた顔をしている。

「どうした。気分でも悪いのか」

と訊いたら、

「気の病で」

とこたえて黙り込んだ。

不吉な予感にかられて、隼人が門から出て行くと、大岡とお藤が立ち話をしている。

会釈すると、大岡が、不機嫌なのか、抑揚《よくよう》のない口調でいった。

「連れていきたいところがある。行こう」

とだけいって、先にたって歩き出した。

与八もお藤も口を開かないし、話しかけても、

「ええ」

「そうですか」

とか、会話につながらない、短いことばしか返ってこなかった。

いつしか、隼人も口をきかなくなっていた。

小半時（三十分ほど）歩いてから、大岡が与八に、

「このあたりか」

と訊いた。

「そうです」

こたえた与八が、先に立って歩き出す。

行く手に普請場が見えてきた。

普請場を見渡すことができる、町屋の外壁に身を寄せて立ち止まった大岡が、話しかけてきた。

「三日前、小田原藩の家老吉野殿から書状が届いた。盗人一味の紋太なる者の裁きの結果をお訊きしたいので、書状を出した、と書いてあった」

隼人は、無意識のうちに与八を睨み付けていた。

あわてて、顔を背けた与八が小さく、

「すまねえ、旦那」

とつぶやいた。蚊の泣くような声だった。

いまいましげに隼人が舌を鳴らす。

びくり、として与八が肩をすくめた。顔は背けたままだった。

顔を与八に向けて、隼人が怒り心頭、目を細めて見据える。

そのとき、大岡が声をかけた。

「与八、あの男だな」

顎をしゃくった先に、材木を担いで歩く紋太の姿があった。

青菜に塩の体《てい》で、与八がかすかにうなずく。

「あの身のこなし。なかなかの働き者のようだな。さっきから気になって見ていたが、よく動く。棟梁が見ていなくとも動きが変わらぬ。陰日向《かげひなた》なく働いている」

脇からお藤が口をはさんだ。

「いいかみさんでね。死ぬときは一緒と決めて、夫婦になったふたりなんですよ」

「惚れ合った同士か。羨ましいのう」

いつもと違う大岡の物言いだった。

「そろそろ昼どき、どうなることやら」

不思議なほど明るい、お藤の口調だった。

と、風呂敷包みを抱えて、女がやってきた。

女はお千代だった。

気づいて、大工の棟梁が職人たちに声をかける。

「時の鐘がわりの、新女房さまのおでましだ。皆、昼にしようぜ」

お千代が肩をすくめて、照れくさそうな笑みを浮かべた。

紋太が、女に歩み寄った。

棟梁や職人たちと少し離れたところに置いてある庭石に、ならんで腰をかけて、お千代と紋太が握り飯を頬張っている。

「名など訊こう、とおもっていたが、もうよかろう」

ことばの意味を解しかねて、与八と隼人が、おもわず顔を見合わせた。

お藤が、笑みを浮かべそうになって、あわてて唇を強く結んだ。

「吉野殿の書状には、こうも記してあった。風魔に加担していた、紋太と申す者。改心して、風魔一味殲滅に功のあった者ゆえ、裁きにかけるは不憫とおもえども、立場上、何らかのけじめをつけねばならず、となし」

お千代が、紋太がうっかり口の端《はし》につけた飯粒を、指でつまんで食べた。

照れたように、紋太が微笑み、お千代を見つめる。

「いいのう、町なかの夫婦は。武士の家では、なかなかできぬこと」

隼人、与八、お藤へと視線を流し、大岡がいった。

「わしも腹が減った。どれ、みんなで美味いものでも食いにいこう。わしのおごりじゃ」

隼人、与八、お藤までもが、にやり、とし、大岡に笑みを向けた。

上機嫌で、大岡が笑みを返す。

微笑んだまま、隼人が紋太とお千代に視線を走らせた。

肩を寄せ合ったふたりが、笑みをにじませて見つめ合い、握り飯を頬張っている。

コスミック・時代文庫

将軍側《しょうぐんそば》目《め》付《つけ》 暴《あば》れ隼《はや》人《と》
相模の兇賊

2024年7月25日　初版発行

【著 者】
吉田雄亮《よしだゆうすけ》

【発行者】
佐藤広野

【発 行】
株式会社コスミック出版
〒154-0002 東京都世田谷区下馬 6-15-4
代表　TEL.03(5432)7081
営業　TEL.03(5432)7084
FAX.03(5432)7088
編集　TEL.03(5432)7086
FAX.03(5432)7090

【ホームページ】
https://www.cosmicpub.com/

【振替口座】
00110-8-611382

【印刷／製本】
中央精版印刷株式会社

乱丁・落丁本は、小社へ直接お送り下さい。郵送料小社負担にて
お取り替え致します。定価はカバーに表示してあります。

ISBN978-4-7747-6575-4 C0193

COSMIC
時代文庫

吉田雄亮 の好評シリーズ！

書下ろし長編時代小説

幕府転覆の危機に
隼人が挑む！

将軍側目付暴れ隼人
京の突風

将軍側目付暴れ隼人

将軍側目付暴れ隼人 吉宗の影

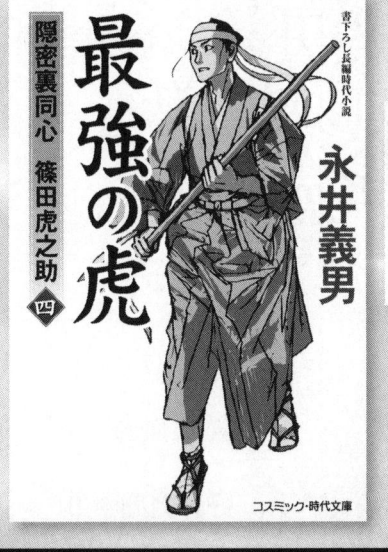

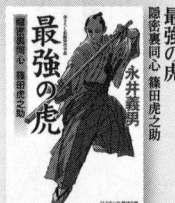

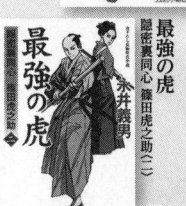

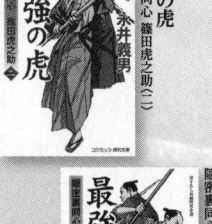

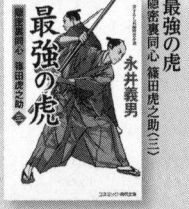

将軍側目付 暴れ隼人

相模の兇賊

◆

吉田雄亮

コスミック・時代文庫